RAVE 14 ✚ : LES TÉNÈBRES S'ÉLÈVENT

GROOO
DOOOM
WAAAH, UN MONSTRE !
JE DIRAIS PLUTÔT UN DRAGON.

HARU !! À TA DROITE !!
FWAP
!!
CLANG
URGH !!
HA HA HA HA HA HA !!
UN DARK BRING ?!
HA HA HA HA !!
VSHHH

CLANG
B-WISH
BEN ALORS ?!
C'EST TOUT CE QUE TU PEUX FAIRE, RAVE MASTER ?!
CE GARS SAIT BIEN SE BATTRE...
!!
CHOMP
AAAÏE !!
FSHH
EN VOILÀ UNE AUTRE !!

HA HA HA HA HA HA !!
WHOOOSH
!
CLAC
CLONG
OUPS !!
HÉ HÉ HÉ ...
TAP
ZWIP
NYARK !!
GROOO
HA HA HA HA HA HA !!
SI CES TRUCS NE SONT PAS DES ILLUSIONS...
ALORS...

ON VA TENTER UNE EXPLOSION !!
BAOM
BAOM
DOOOM
DOOOM
BAOM
BAOM
PAS TROP TÔT !!
DOOOM
DOOM
DOOOM

TCHAC
SON ÉPÉE A EXPLOSÉ ?!
OUI... ET ELLE A CHANGÉ DE FORME ! CE N'EST PLUS LA MÊME QUE TOUT À L'HEURE !!
TEN COMMANDMENTS... L'ÉPÉE AUX DIX ASPECTS...
C'EST UN DES POUVOIRS DE RAVE !!
HÉ HÉ HÉ ...
HA HA HA HA HA HA HA !!
TRÈS BIEN, RAVE MASTER !!
DOOOM

VOILÀ QUI REND CE COMBAT À MORT PLUS INTÉRESSANT.
LEQUEL L'EMPORTERA : TON RAVE QUI CONTRÔLE L'ÉPÉE AUX DIX FORMES...
GROOO
CLAC
OU MON DARK BRING QUI MATÉRIALISE LES ILLUSIONS...
REAL MOMENT ?
ON VA VOIR ÇA TOUT DE SUITE !!
WOSH

GROOO
GROAAAR
VIENS PAR LÀ, SALE MONSTRE !!
VSHHH
MAIS... C'ÉTAIT UNE ILLUSION, CETTE FOIS ?!
FLOP
HARU !! DERRIÈRE TOI !!
JE SAIS !! JE L'AI VU !!
DOOOM

HEIN ?!
WOSH
NON... C'ÉTAIT AUSSI UN MIRAGE ?!
POOPOON
WSHHH
HA HA HA HA HA HA !!
TCHAC
!

HARU !!
HUM...
T'ES UN GARS CHANCEUX, TOI.
UN DUEL À MORT ENTRE DEUX PERSONNES QUI POSSÈDENT UNE ÉPÉE DE MUSICA... DEUX MÊMES ÉPÉES... C'EST EXCITANT...
HAAA...
HAAA...
GRIP
?
TCHAC
LES MÊMES ?

BRRR
C'EST AVEC CETTE LAME QUE TU AS MASSACRÉ TOUTE LA FAMILLE DE MUSICA.
KIII
GLOUPS
MASSACRÉ LA FAMILLE...
DE MUSICA ?
ET ALORS ?
HA HA
HA HA
JE VOULAIS JUSTE LA TESTER SUR PLACE !

TU VAS LE PAYER...
BAOOOM
!
TWIP
PAS MAL !!
WAAAAH !!
GROOO

BAOM
AAAAH !!
BOM
EXPLOSION
BAOM
DOOOM
CLANG
HA HA HA HA HA !!
MONTRE-MOI CE QUE TU SAIS FAIRE, RAVE MASTER !!
HA HA HA HA HA !!
QUE SE PASSE-T-IL ?! LE SEIGNEUR LANCE RECULE ?!
IMPOSSIBLE !!
YOUPI !! IL VA FINIR PAR L'AVOIR !
NON...

IL NE TIENDRA PAS TRÈS LONGTEMPS.
BAOM
BOM
CLANG
CLANG
CLANG
IL FRAPPE AU HASARD DE TOUTES SES FORCES, C'EST TOUT.
AH ?
REGARDE, LES ATTAQUES DE HARU N'ATTEIGNENT PAS LEUR CIBLE...
MAIS LES BESTIOLES DU VIEUX CONTINUENT À LE MORDRE, TOUJOURS PLUS NOMBREUSES.
OH NON... HARU...
URGH...
HAA... HAA... HAA...
NE ME DIS PAS QUE C'EST DÉJÀ FINI ! HA HA HA HA HA HA !!
!!
PRENDS ÇAAA !!
GROOO
TAP
CRRR

BOING
CLANG
ガコ
POON
BRR ぴく
BRR ぴく
?
PLUE !!
POON
DOOOM
ドー

TU FAIS QUOI, LÀ ?! TU VOIS PAS QUE C'EST DANGEREUX ?!
POUSSE-TOI !!
POOON
VSHH !! VSHH !!
POOON POOO
À QUOI TU PENSES ?
CLAC
TU NE COMPRENDS PAS ? IL VEUT TE DIRE : "CALME-TOI !"
HEIN ?
PUN PUN
FUIT
FUIT
...
C'EST VRAI ? TU VOULAIS ME DIRE ÇA ?
POOON
DOOOM
HÉ... ILS FONT LA PAIRE, TOUS LES DEUX.
!
ZWIP

C'EST QUOI, CETTE CRÉATURE RIDICULE ?
ON VA LA TRUCIDER.
POON
AAAH !! ARRÊTEZ !!
SALE TYPE !!
POON
VSHH
GROAAAR
ET UNE MORSURE MORTELLE, UNE !!
POON
PLUE !!

RAVE 15 ✠ : L'INSTANT CRUCIAL

PLUUUUE!!
GROOO
POON
プー
HA HA HA HA HA HA!!

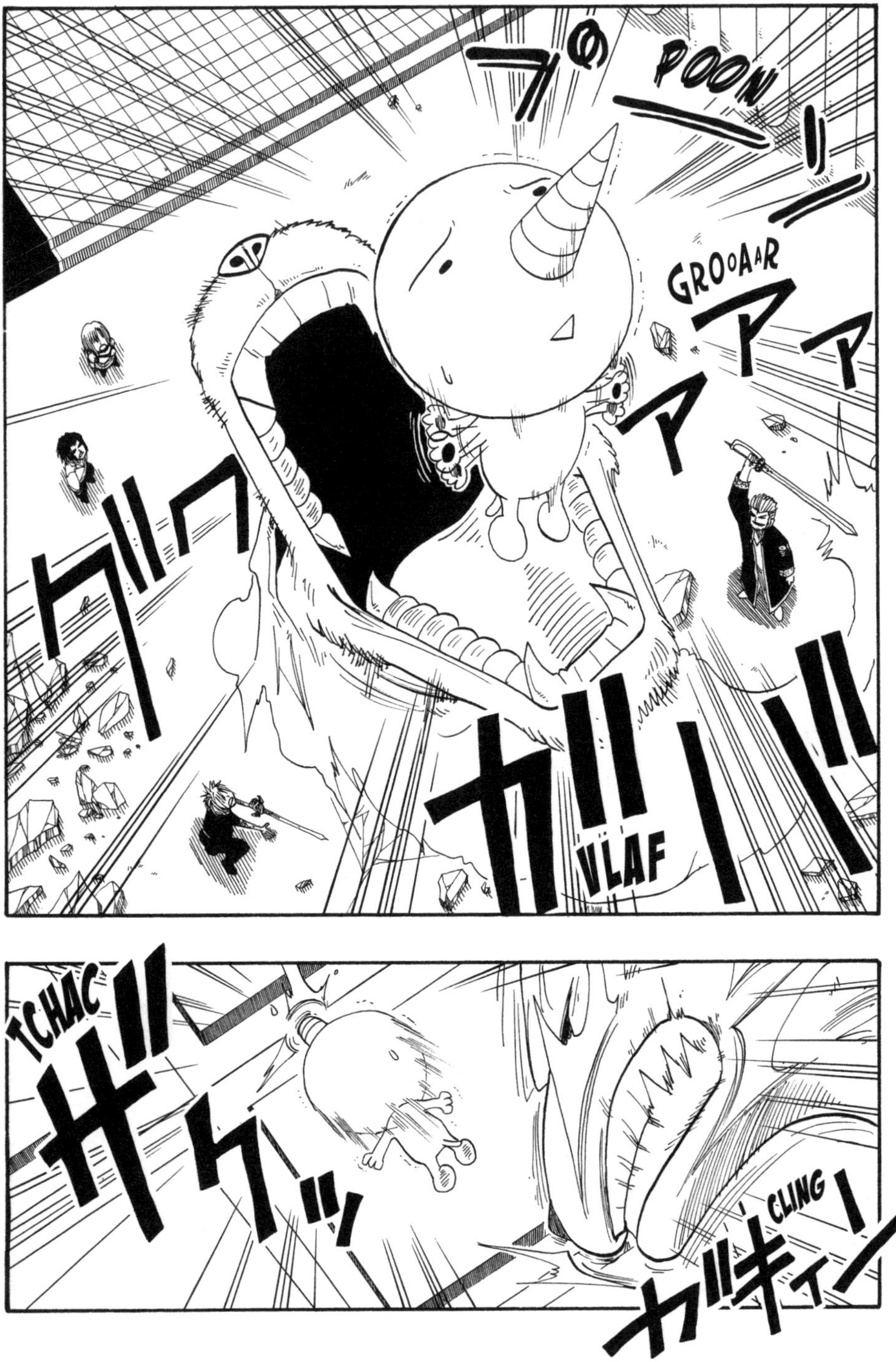
POON
GROOAAR
VLAF
CLING
TCHAC

IL S'EST PLANTÉ !!
CLONG
IL REVIENT À LA CHARGE !!
BRR
BRR
WLAF
IL ATTAQUE ALORS QUE PLUE NE PEUT PAS BOUGER !!
FSHHH
AH ! IL L'A ÉCHAPPÉ BELLE !!
...
POURQUOI L'ILLUSION S'EST-ELLE DISSIPÉE AVANT DE LE MORDRE ?
TANT PIS... CE TRUC NE VAUT MÊME PAS LA PEINE D'ÊTRE TUÉ...
MAIS OUI...

J'AI COMPRIS !!
BAM
J'AI TROUVÉ LE POINT FAIBLE DE TON DARK BRING !!
!
TU NE PEUX MATÉRIALISER TES ILLUSIONS QU'UN COURT INSTANT, JUSTE LE TEMPS DE MORDRE UNE FOIS.
...
ドオン!
DOOOM
D'OÙ SON NOM...
"REAL MOMENT".

TU APPELLES ÇA UN POINT FAIBLE ? TU TE MOQUES DE MOI !
STOMP
TANT QUE MON ILLUSION DEVENUE RÉELLE PROFITE DE CET INSTANT POUR MORDRE, J'AURAI L'AVANTAGE.
DOOOM
ET SI ELLE NE SAIT PAS QUAND ME MORDRE...
C'EST MOI QUI L'EMPORTERAI.
ALORS ESSAYE UN PEU DE ME BATTRE !!
SURPASSE MON DARK BRING, REAL MOMENT !!
GROOO

IL Y EN A UNE TONNE !!
IMPOSSIBLE D'EN TERRASSER AUTANT À LA FOIS...
DOOOM
TIENS, PRENDS ÇA !! LES CROCS DES FAUVES !!
DASH
C'EST CE QU'ON VA VOIR !!
IL SE JETTE DROIT SUR LES BÊTES !!
IL EST FOU, CE GAMIN !!
NYARK !!
GROOO

BAOOOM
ドカァ
ÉCRAN DE FUMÉE !!
BIEN JOUÉ !! UNE DIVERSION !! COMME ÇA, L'AUTRE NE PEUT PAS ATTAQUER HARU ET IL NE SAIT PAS NON PLUS À QUEL MOMENT FAIRE MORDRE LES CRÉATURES !!
J'AI PAS TOUT COMPRIS, MAIS C'EST SUPER !!
!!
GROOAR
ズガガガガガ
CLANG
カァン
EXPLOSION

AARGH !!
CHOMP
ガッ
CHOMP
ガブッ
CHOMP
ガッ
!!
QUOI ?!
POURQUOI MA DIVERSION N'A PAS MARCHÉ ?
TU NE SAIS PAS QUE L'ODORAT DES ANIMAUX EST PLUS DÉVELOPPÉ QUE LEUR VUE ?
ILS T'ONT REPÉRÉ À L'ODEUR.
C'EST LA FIN DU MATCH !!
DOOOM
ドオオオ
GROOO
ゴオオオオオオ
...
HARU !!
HEART

ドオーン!!
DOOOM
ガッ
GRIP
ズン!!
STOMP

MUSICA ?!!
MUSICA ?
C'EST LUI, L'AUTRE MUSICA ?
SALE VIEUX ! D'OÙ TU SORS ?!
GNNN
LÂCHE-MOI !!
PFF... TU ES BIEN ARROGANT POUR UN PETIT VOYOU DE TON ESPÈCE...
GNNNN
LANCE !!
QU'ÊTES-VOUS VENU FAIRE ICI ? JE VOUS AVAIS DIT DE ME LAISSER M'OCCUPER DE LUI !!
HEUM... J'AVAIS OUBLIÉ L'EXISTENCE DE SON DARK BRING, REAL MOMENT.
GNNN
QUAND J'AI RÉALISÉ, J'AI PENSÉ QU'IL TE DONNERAIT DU FIL À RETORDRE.
MAIS NON, TOUT VA BIEN ! FAITES-MOI CONFIANCE !
JE NE PEUX PAS... L'EXPLOSION EST PUISSANTE, MAIS ELLE T'INFLIGE DE GRANDS DOMMAGES PHYSIQUES CHAQUE FOIS QUE TU L'UTILISES.
ET VU L'ÉTAT DE TES BLESSURES, TU NE POURRAS PLUS L'UTILISER QU'UNE FOIS. AU-DELÀ, TON CORPS SERA TROP ENDOMMAGÉ.

GNNNNN
SI VOUS VOUS AFFRONTEZ DIRECTEMENT, ÉPÉE CONTRE ÉPÉE, LANCE AURA LE DESSUS, C'EST ÉVIDENT.
ALORS JE VAIS LE RETENIR ET TOI, TU EN PROFITERAS POUR LUI RÉGLER SON COMPTE.
...
FWAP
IL EST PÉNIBLE, LE VIEUX... IL VA TÂTER DE MON ÉPÉE...
TING
TING
...
MON BRAS EST BLOQUÉ !!
POON
SHWIN
Pi
BRR
BRR
BRR
ESPÈCE DE...
?

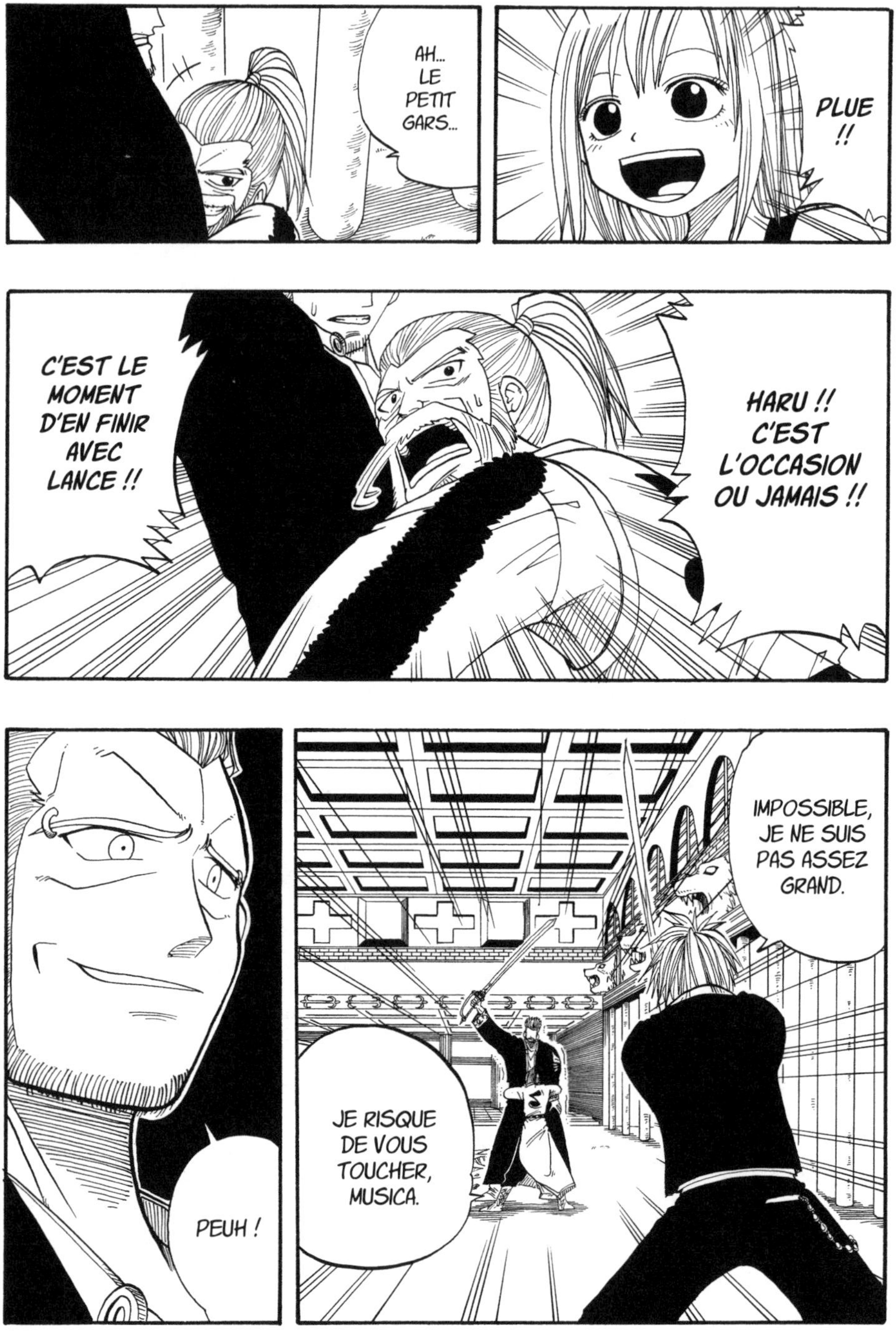
PLUE !!
AH... LE PETIT GARS...
HARU !! C'EST L'OCCASION OU JAMAIS !!
C'EST LE MOMENT D'EN FINIR AVEC LANCE !!
IMPOSSIBLE, JE NE SUIS PAS ASSEZ GRAND.
JE RISQUE DE VOUS TOUCHER, MUSICA.
PEUH !

QUI A DIT QU'IL FALLAIT M'ÉVITER ?
TRANSPERCE-MOI !!
DOOOM
BO
BOM
GLOUPS
GLOUPS
ざわ
GLOUPS
ざわ

POURQUOI TU HÉSITES ? TU N'AURAS PAS D'AUTRE OCCASION !!
JE NE PEUX PAS FAIRE ÇA !!
EXPLOSION
MUSICA... TU AS PERDU LA TÊTE ?
TU VAS VRAIMENT NOUS TRAHIR ?
C'EST UN BIEN GRAND MOT. JE NE ME SOUVIENS PAS AVOIR ÉTÉ DE VOTRE CÔTÉ.
SALE...
GNNNN
JE VAIS T'A-CHE-VER !!
BAAM
BAAM
GWAAAAH !!
BAAM
BAAM
URGH...
BAAM

MUSICA !! ÉCARTEZ-VOUS !!
ALLEZ, MES FAUVES... TUEZ AUSSI LE RAVE MASTER !!
GROAR
?
MAIS... POURQUOI ILS S'ACHARNENT APRÈS LE VIEUX ?!
CHOMP
CHOMP
CHOMP
CHOMP
CHOMP
HÉ HÉ...
J'AI IMPRÉGNÉ MON CORPS D'UNE ODEUR QUE TES CHÈRES CRÉATURES APPRÉCIENT BEAUCOUP.
CHOMP
CHOMP
CHOMP
CHOMP
!!

HIII...
GLOUPS
CE VIEIL HOMME EST VRAIMENT DÉTERMINÉ...
BRR
DÉPÊCHE-TOI, HARU !!
TU VEUX GÂCHER CETTE OPPORTUNITÉ ?!
METS UN TERME À MES QUINZE ANNÉES DE SOUFFRANCE...
SINON JE NE POURRAI JAMAIS REGARDER MA FAMILLE EN FACE, QUAND JE LES RETROUVERAI AU PARADIS...

J'AI DÉJÀ BIEN ASSEZ VÉCU...
J'AI ENVIE DE LES REVOIR.

HAA...
PFF...
...
TCHAC
カチャ
!!!
ATTENDS, HARU !! TU NE VAS PAS...
AA
QUOI ?!
GROOO
ゴォォォオ
WAAAAAAAAAAAAH !!
DASH
だっ
!

BRAVO...
T'ES PAS SÉRIEUX ?!
JE N'AI RIEN À REGRETTER...
SI JE PEUX MOURIR ICI EN MÊME TEMPS QUE LUI, C'EST PARFAIT.
JE COMPTE SUR TOI...
NE FAIS PAS ÇA !!
HARU...
TCHAC

RAVE 16 ✚ : DES TRACES DE CHALEUR

!!
ドッ
BOM
RAVE

GROOO
AAAAAAAAAAH!!

ゴオオオイオオ
GROOO
QU...
!!

NYARK !!
ドオオオオオン
DOOM
NON... ARRÊTE !!

!!
BLAM
YAAAAH!!

CLIIING
GROOO
...
IL VISAIT LE DARK BRING !!
PLAF

HARU !!
DASH
ドッ
JE VAIS BIEN, ELIE !
HAA... HAA...
GRAB
ヨロ
FLOP
DOOM
LE COMBAT N'EST PAS FINI.
HAA...
HAA...
HARU...
IL M'A...
TU DOIS ÊTRE À BOUT DE FORCES...
PFF...
IL EN FAUT PLUS POUR ME FATIGUER !
IL M'A ÉPARGNÉ...

FUIT
GROOO
STOMP
...
TON DARK BRING EST FICHU.
QUANT À MOI, JE NE PEUX PLUS UTILISER D'EXPLOSION.
ALORS JE TE PROPOSE UN DUEL ÉPÉE CONTRE ÉPÉE.
TCHAC
...
TAP

DOOOM
...
J'AI PERDU.
FWAP
!!
AAAH !! LE SEIGNEUR LANCE EST À GENOUX !!
...
ÇA ALORS !!
JE NE COMPRENDS PAS... MÊME S'IL A PERDU SON DARK BRING...
OUI, IL A L'AVANTAGE AU SABRE ! EN PLUS, LE RAVE MASTER EST EN PITEUX ÉTAT !!
DOOOOM !!

SANS MON DARK BRING, JE NE PEUX PLUS ME BATTRE... LAISSE-MOI LA VIE SAUVE, JE T'EN SUPPLIE...
POOON
AH ! PLUE !
TCHAC
PLUE, CE MONSIEUR VEUT QU'ON LUI PARDONNE ! ON FAIT QUOI ?
POOON
BRR
BRR
FUIT FUIT
PUN PUN
BRR
BRR
JE NE PEUX RIEN SANS MON DARK BRING. JE NE SUIS QU'UNE PETITE FRAPPE.
JE NE FERAI PLUS RIEN DE MAL...
IL DIT : "PAS QUESTION" !!
GLOUPS
...

HARU !! NE TE LAISSE PAS AVOIR !!
JE DIS LA VÉRITÉ !!
JE NE PEUX PLUS ME BATTRE !!
CLAC
ガタ
CLAC
ガタ
JE T'EN PRIE !! JE M'EXCUSE POUR TOUT CE QUE J'AI FAIT JUSQU'ICI !!
JE VAIS ALLER MOI-MÊME ME LIVRER AUX AUTORITÉS !!
TAP
ザ
TAP
ザ
GLOUPS
ビクッ
HIIII !!
CLAC
ガタ
CLAC
ガタ
NE ME TUE PAS !! JE T'EN SUPPLIE !!
LAISSE-MOI LA VIE SAUVE !

GRAND-PÈRE, LE COMBAT EST FINI.
ON RENTRE.
MAIS NON...
HARU...
CE TYPE A FAIT DES TRUCS TERRIBLES, MAIS REGARDEZ COMME IL S'EST EXCUSÉ.
SI ÇA PEUT VOUS SOULAGER, ALLEZ LUI COLLER UN BON COUP DE POING.
IL NE MÉRITE PAS POUR AUTANT DE MOURIR.
BRR
ブル…
ブル…
BRR

VLAM
FRAPPEZ-MOI AUTANT QUE VOUS VOULEZ...
MUSI-CA...
LA SOUFFRANCE DE MA FAMILLE...
BRR
BRR
AINSI QUE MON PROPRE CHAGRIN...

J'AI TOUT CONCENTRÉ DANS CE COUP DE POING...
PAR RESPECT POUR CE GARÇON.
STOMP
HÉ HÉ
FLOP
HARU !!
PLAF
POON
HÉ OH !! ÇA VA ?
POON
HÉ !! RÉVEILLE-TOI !!
IL A TROP FAIT APPEL À SON EXPLOSION...
RÉPONDS-MOI, HARU !!
!
PFF...

JE SUIS VRAIMENT CREVÉ, MOI !
PFF...

TU PEUX TE LEVER ?
JE CROIS...
FLOP
ヨロ…
POON
プーン
ALORS C'EST FINI ?
PFF...
BRR
ビク
BRR
ビク
BON... RENTRONS !
ÇA VA ! JE PEUX MARCHER TOUT SEUL !!
POURQUOI T'ES TOUT ROUGE ?
J'AI FAIM !! JE VEUX UN TRUC À MANGER !
AH ? UN CHAMPIGNON ?
EUH... PLUTÔT UN VRAI REPAS...
...
POON
プーン
!

HARUUU!!
GROOO
DOOOM

HA HA HA HA HA HA !!
JE T'AI BIEN EU !!
DOOOOM
!!

SLASH
NOOOON!!

ARGH

OH NON !! IL A BATTU LE SEIGNEUR LANCE !!
IL L'AVAIT SI BIEN BERNÉ, POURTANT !!
ET EN UN SEUL COUP...
ドス
PLAF
GH... GNNN...

ゴォォ
GROOO
URGH
...
ォォ

HARU !!
ACHÈVE-
LE !!
C'EST LE
MOMENT
D'EN FINIR
UNE FOIS
POUR
TOUTES
AVEC LUI !!
ォォ
DOOOM

TU AS BIEN VU QUEL GENRE D'INDIVIDU IL EST !!
IL ABUSE DES GENS SANS AUCUN SCRUPULE !! À LUI SEUL, IL DÉSHONORE TOUS LES ÉPÉISTES !!
GROO
TU DOIS LE TUER, MAINTENANT, ICI MÊME !
JE NE PEUX PAS.
MÊME S'IL EST LE PIRE DES CRIMINELS, JE N'ARRIVERAI PAS À LE TUER.
ALORS PLUTÔT QUE DE TUER LANCE LUI-MÊME...
?
TCHAC

JE VAIS TUER SON ÉPÉE !!
CLANG
VLAC

EXPLOSION
VROOOF
TAP
NON... UNE EXPLOSION ?!
NE FAIS PAS ÇA !!
TU AS DÉJÀ ATTEINT LA LIMITE DU SUPPORTABLE !!
EXPLOSION
CE SERAIT TROP DANGEREUX DE RECOMMENCER !!
GRAND-PÈRE, VOTRE FAMILLE EST MORTE PAR CETTE ÉPÉE.
SI ELLE DISPARAÎT, TOUT SERA TERMINÉ.
VSHHH
CES QUINZE ANNÉES PASSÉES À SOUFFRIR...
VOTRE DÉGOÛT DE LA VIE...

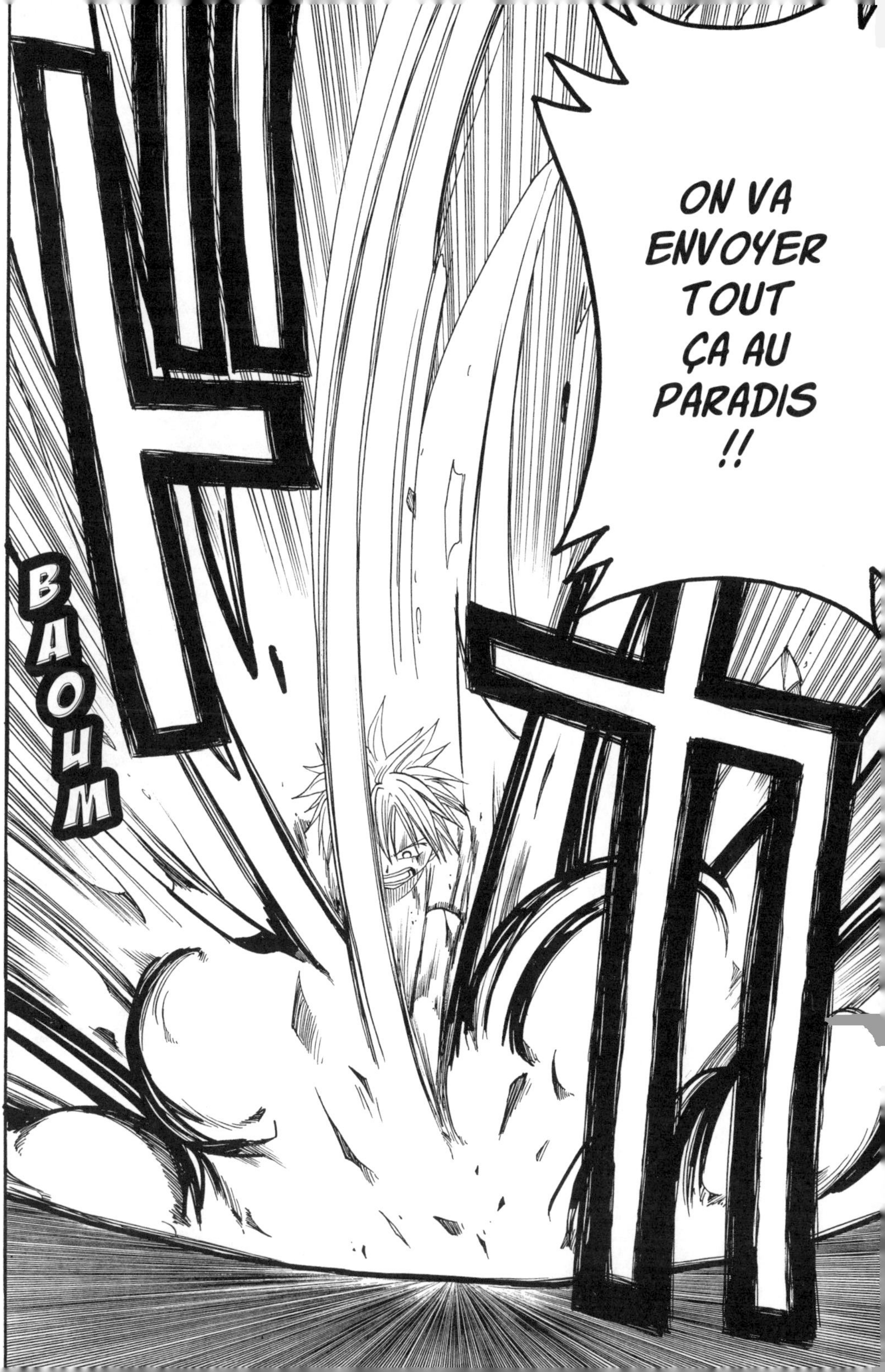

ON VA ENVOYER TOUT ÇA AU PARADIS !!
BAOUM

ぶわ
PLIC
ドパア
FSHHH

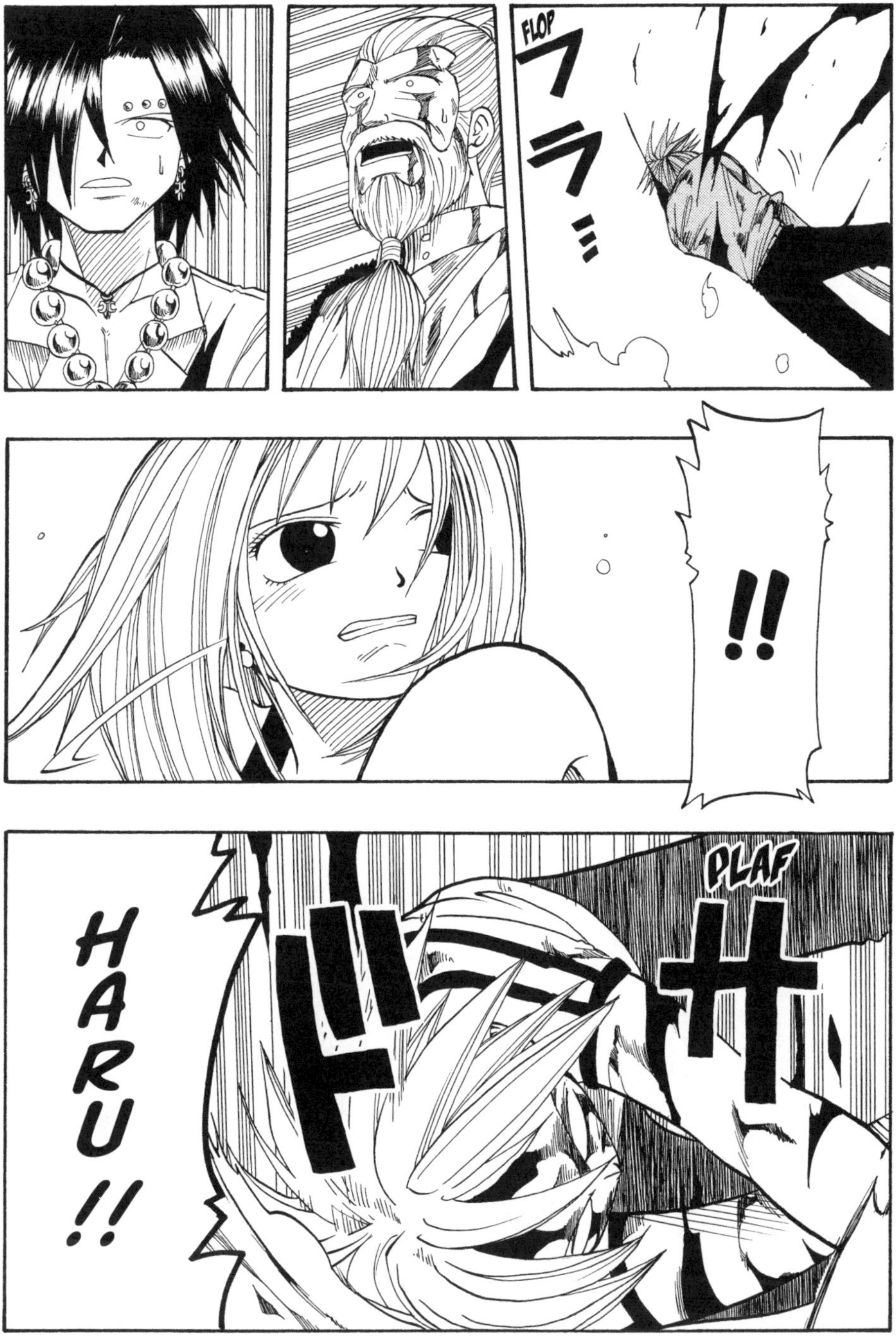
FLOP
フラ
!!
PLAF
ドサ
HARU !!

RAVE 17 ✚ : LE HAVRE DE PAIX

HARUUUUU!!
GROOO
ゴオオオ…

POON!!
POON!!

QUEL TYPE... IL A UTILISÉ JUSQU'À SES DERNIÈRES FORCES POUR DÉTRUIRE L'ÉPÉE...
J'EN REVIENS PAS.
EUH... DITES... C'EST L'OCCASION D'EN PROFITER...
MÊME SI LE SEIGNEUR LANCE S'EST FAIT BALAYER, LES ADVERSAIRES SONT TOUS BLESSÉS...
ET NOUS, ON EST UNE TRENTAINE EN PARFAITE SANTÉ...

SI L'UN DE NOUS ESSAYAIT DE RÉCUPÉRER SON RAVE ?
AH OUAIS ? ET COMMENT ?
JE POURRAI ENFIN ÊTRE PROMU OFFICIER !!
TCHAC
カチャ
WOOOH
ウオオオオ
IL EST À MOI !! À MOI, JE VOUS DIS !!
TU VEUX RIRE ?! C'EST MOI QUI SERAI OFFICIER !!
DODODOM
ドドドド

DO DO DO
ILS SONT TROP NOMBREUX...
DO DO DO
SI J'AVAIS MES GUNS-TONFAS...
DO
?
SSS
PFF, HARU S'EST RÉSERVÉ LE BEAU RÔLE...
DO DO DO
...
DOOOM
DO
WAAAH
DOOOM
GRIP
MAIS BON... LAISSEZ-MOI AU MOINS CEUX-LÀ.

SLASH
DOOOM
QU...
DOOOM

UNE LANCE !!
ゴオオオオオッ
GROOO
SON CRÂNE S'EST TRANSFORMÉ EN LANCE ?!!
VSHH
HEIN ? UN FOUET ?!!
CLANG
ガキィン
GWAAAH
ぐわー
CLANG
バコオ
QU... QUOI ?!
JE N'AI JAMAIS VU UNE ARME PAREILLE ALORS QUE J'HABITE DANS UNE VILLE D'ARMEMENT DEPUIS DES ANNÉES !
QUOI, ENCORE ?
ÇA S'AL-LONGE !!
ギュイイン
SHWIIIN
C'EST PARTI.

LE TOUR-BILLON D'AR-GENT !!
VROOO
ARGENT... IL A DIT ARGENT ?!
MAIS ALORS, CETTE ARME...
ああああぁあ...
AAAAAH...

ÇA NE FAIT AUCUN DOUTE !! CE GARS EST...
UN MANIPULATEUR D'ARGENT ! UN SILVER CLAIMER !!
UN CIL VERT ?!
T'ES TROP GÉNIAL, MUSICA !!
MUSICA ?
IL EN EXISTE UN AUTRE À PART MOI ?
BONG
ET HOP, LE DERNIER.
C'EST QUOI, CETTE ARME ?
BOM
NOUS VOILÀ DÉBARRASSÉS DE...
BAM BAM

NOUS SOMMES LES ENVOYÉS DE L'EMPIRE !!
BAM
BAM
LANCE, L'ÉPÉE BESTIALE, CAPITAINE DE LA 17E SECTION DE DEMON CARD, NOUS AVONS UN MANDAT. VOUS ÊTES PRIÉ DE VOUS PRÉSENTER AU SIÈGE IMPÉRIAL !!
MINCE... LES FORCES DE L'ORDRE...
OUVREZ LA PORTE AVANT QUE J'AIE COMPTÉ JUSQU'À DIX OU NOUS ATTAQUERONS VOTRE RÉSIDENCE !!
IL N'Y A PAS DE DÉLAI QUI TIENNE, ENFONCEZ CETTE PORTE TOUT DE SUITE.
AH !! COMMANDANT JADE !
OUF !! ON EN A ENFIN TERMINÉ AVEC CETTE HISTOIRE !
HEART KREUZ
NON, PAS ENCORE... SI ON SE FAIT CHOPER PAR LE GOUVERNEMENT, ÇA RISQUE DE SE COMPLIQUER.
HMM...

À PLUS FORTE RAISON SI LES IMPÉRIAUX DÉCOUVRENT L'EXISTENCE DE RAVE.
ALORS ON FERAIT MIEUX DE FILER !!
GRIP
OH... TU PEUX EN FAIRE UNE CHAÎNE, AUSSI ?
SI ON LEUR EXPLIQUE GENTIMENT, ILS COMPRENDRONT !! ON A ÉLIMINÉ UN BANDIT !!
BAM
BAM
HEART
KREUZ
JE NE SAIS PAS, PEUT-ÊTRE... VOUS AVEZ QUELQUE CHOSE À VOUS REPROCHER ?
BAM
BAM
JE N'AI PAS D'ÉTAT CIVIL.
JE SUIS LE CHEF D'UNE BANDE DE VOLEURS.
HEUM... ET MOI JE SUIS ALCOOLIQUE...
MUSICA L'ALCOOLIQUE...
MUSICA LE VOLEUR...
...
PLUE !! TOUT COMPTE FAIT, ON FICHE LE CAMP !! VIENS VITE !!
POOON
BAM
BAM
GROUILLEZ-VOUS !!
BLAM

ON SE CASSE !!
BLAAM
À L'ATTAQUE !!
QUE PERSONNE NE BOUGE !!
TCHAC
JETEZ VOS ARMES...
!!
QU'EST-CE QUE...
COMMANDANT JADE... JE NE COMPRENDS PAS...

L'ARMÉE DE LANCE A ÉTÉ ANÉANTIE...
LA SITUATION N'EST PAS TRÈS CLAIRE, MAIS POUR LE MOMENT, ARRÊTEZ LANCE.
À VOS ORDRES !!
CEPEN-DANT... QUELQUE CHOSE ME TRACASSE...
AUCUNE ARMÉE DE L'EMPIRE N'AVAIT RÉUSSI À ENDOMMAGER SON DARK BRING...
ET JE LE RETROUVE RÉDUIT EN MIETTES...
JE NE VOIS QU'UNE SEULE EXPLICATION À CELA...
C'EST L'ŒUVRE DE L'ARME UTILISÉE IL Y A CINQUANTE ANS PENDANT LA GUERRE CONTRE LES DARK BRING...
UN RAVE...
IL EXISTE ENCORE QUELQU'UN CAPABLE DE S'EN SERVIR ?

JE L'AI SOIGNÉ COMME J'AI PU, MAIS SON ÉTAT RESTE PRÉOCCUPANT...
J'ESPÈRE QU'IL VA VITE SE REMETTRE...
...
POON
BRR
BRR
COUIC
GWOOOOOH
ARRÊTE, MALHEUREUX !!
C'EST DANGEREUX DE DONNER DES BONBONS À QUELQU'UN QUI DORT !
POON
BRR
BRR

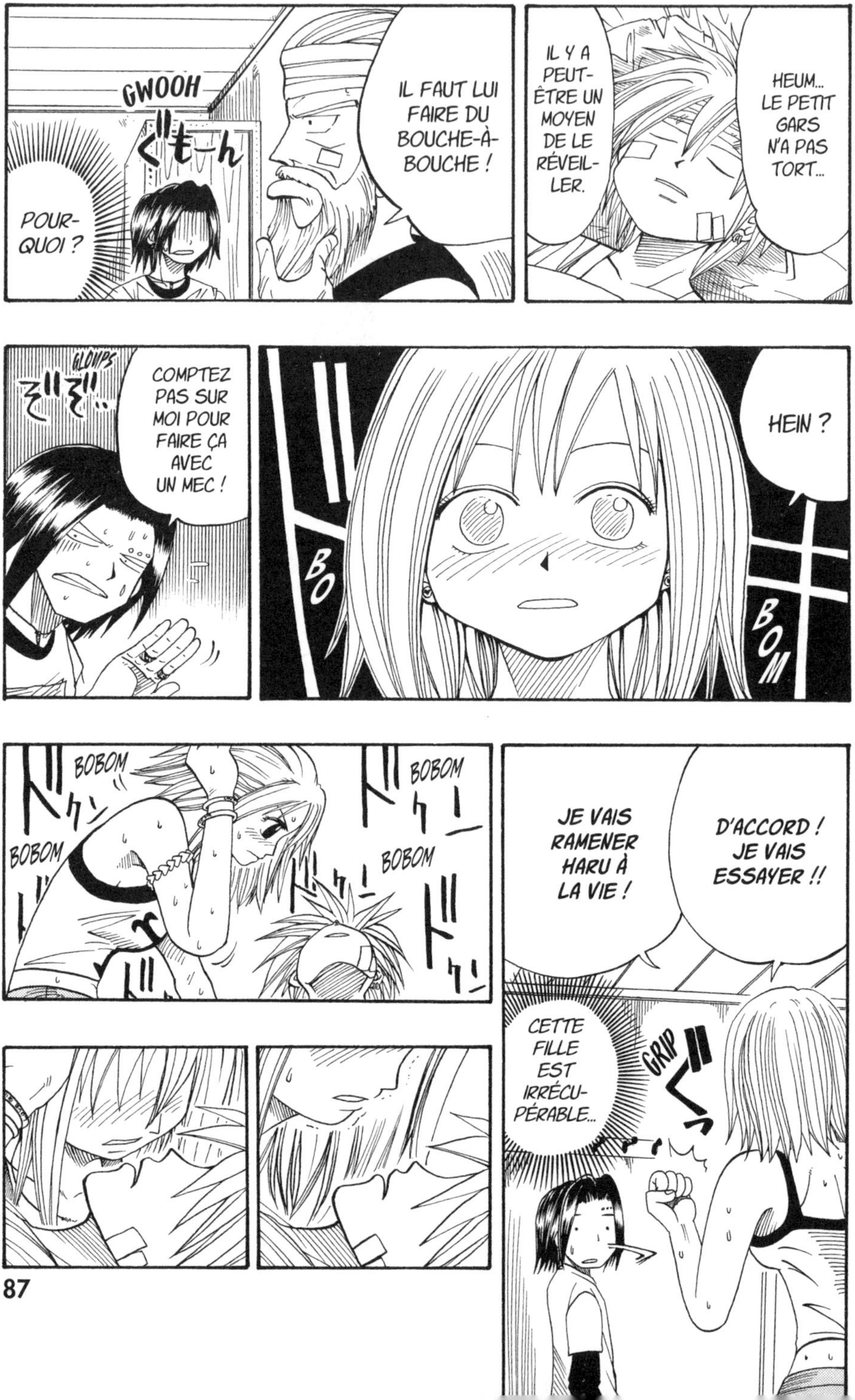
HEUM... LE PETIT GARS N'A PAS TORT...
IL Y A PEUT-ÊTRE UN MOYEN DE LE RÉVEILLER.
IL FAUT LUI FAIRE DU BOUCHE-À-BOUCHE !
GWOOH
POURQUOI ?
HEIN ?
BO
BOM
COMPTEZ PAS SUR MOI POUR FAIRE ÇA AVEC UN MEC !
GLOUPS
D'ACCORD ! JE VAIS ESSAYER !!
JE VAIS RAMENER HARU À LA VIE !
GRIP
CETTE FILLE EST IRRÉCUPÉRABLE...
BOBOM
BOBOM
BOBOM
BOBOM

!
CLIC
パチ
!!
BELIEVER
COUCOU, ELIE !! ÇA VA ?
...
NON, ÇA VA PAS !!
BONG
ゴス
...
...
?
QU'EST-CE QUI LUI PREND ?
JE T'EXPLIQUERAI PLUS TARD.
PFF...
TIENS, PLUE ! TU AIMES LE SEL ?
DIS-MOI PLUTÔT, HARU, COMMENT TU TE SENS ?

MAL... TRÈS MAL...
PFF...
AH... JE M'EN DOUTAIS...
C'EST LA PREMIÈRE FOIS QUE J'AI AUSSI FAIM !
GWOOH
ぐもっ
C'EST TOUT ?!
GROUIIIC
ぎゅごるるるる...
ON N'EST PAS AU BOUT DE NOS SURPRISES AVEC TOI, PETIT.
ALLEZ !! JE VOUS SERS UN VERRE !!
GUN-A
ON VA FÊTER NOTRE VICTOIRE !!
VOUS NE DEVIEZ PAS ARRÊTER DE BOIRE ?
JE VAIS FAIRE UNE EXCEPTION POUR AUJOURD'HUI !!
J'SUIS POUR !
HÉÉÉ, PLUE !!
BRR
POOPOON
POOPOON

HA HA HA HA HA HA HA!!
GUMA

ÇA Y EST, C'EST MON TOUR ?
BONNE NUIT...

ROOONFL
ごがあああ
RRR
ぐがー
PSHH
すぴー
ZZZ
スー
ZZZ
スー
POOP!
プピー
POOP!
プピー

HMM
POOP!
ZZZ
ROOOONFL
HEUM
ATTENDS !
...

HARU...
DIS... TU AS BIEN REMARQUÉ...
QUI EST CE VIEIL HOMME POUR TOI...
...
Tell me what you want most!
ARMS SHOP
PUNK GUNS
CHAIN

RAVE 18 ✚ : LES LENDEMAINS DE CHACUN

DIS... TU AS BIEN REMARQUÉ...
QUI EST CE VIEIL HOMME POUR TOI...
...
QU'EST-CE QUE TU ME CHANTES ?
ARRÊTE DE FAIRE SEMBLANT ! MÊME MOI, JE L'AI DEVINÉ !
TU OSES ME DIRE QU'IL N'EST PAS DE TA FAMILLE ?

PFF...
ET QUAND BIEN MÊME ?
POURQUOI TU T'EN VAS SANS RIEN DIRE ?
VOUS PENSIEZ TOUS LES DEUX QUE VOTRE FAMILLE AVAIT ÉTÉ TUÉE, MAIS IL VOUS RESTE QUELQU'UN.
TU TE FAIS DES IDÉES.
?
CE FORGERON SERAIT MON GRAND-PÈRE ?
C'EST PROBABLE, MAIS ON NE PEUT PAS EN ÊTRE SÛR.
EN PLUS, MÊME SI C'ÉTAIT LE CAS...

JE N'AI AUCUNE INTENTION DE LUI RÉVÉLER MON NOM.
MAIS POURQUOI ?!
CHAIN
AVOIR UN VOLEUR COMME PETIT-FILS...
IL VA PAS ÊTRE RAVI.
N'IMPORTE QUOI !! IL PENSE ÊTRE SEUL AU MONDE !! IL SERAIT HEUREUX RIEN QUE DE SAVOIR QU'UN MEMBRE DE SA FAMILLE EST ENCORE EN VIE !!
C'EST COOL D'ÊTRE AUSSI OPTIMISTE.
Tell me what you want most!
MAIS BON, J'AI UNE AUTRE RAISON.

SI JE LUI DIS QUE JE SUIS SON PETIT-FILS, MA VIE ET CELLE DE CE VIEIL HOMME SERONT LIÉES.
JE SERAI OBLIGÉ DE RESTER AVEC LUI... ET ÇA, FRANCHEMENT, NON MERCI !
TU SAIS, JE VEUX À TOUT PRIX RÉALISER UN RÊVE.
ALORS JE PRÉFÈRE CONTINUER À VIVRE COMME ÇA.
C'EST ABSURDE !! CE SERAIT SI COMPLIQUÉ DE JUSTE LUI DIRE "JE SUIS VIVANT" ?!
GRR
IL EST PERSUADÉ QUE TOUTE SA FAMILLE EST MORTE ! SI JE DÉBARQUE ET QUE JE ME BARRE TOUT DE SUITE APRÈS, TU IMAGINES LE CHOC ?! IL VAUDRAIT MIEUX QU'IL NE SACHE PAS QUE J'EXISTE !
CE N'EST POURTANT PAS DIFFICILE, UNE SEULE PHRASE !! "JE SUIS VIVANT" ! RIEN QUE ÇA !!

TU ES SA SEULE FAMILLE !!
DOOOM
QUEL VACAR-ME...
TAP TAP
STOMP
MUSICA !!
!!
J'AI TOUT ENTENDU.

TU PENSES QUE CE GAMIN SERAIT MON PETIT-FILS ?
OUI... PEUT-ÊTRE BIEN...
...
C'EST IMPOSSIBLE, JE TE L'AI DIT : TOUTE MA FAMILLE A ÉTÉ TUÉE SOUS MES YEUX.
MAIS...
MUSICA !! RACONTE-NOUS TON PASSÉ, POUR VOIR !
...
ILLER GUN
J'AI ÉTÉ RECUEILLI PAR UN SILVER CLAIMER DU NOM DE RIZÉ.
IL Y A PLUS DE DIX ANS, RIZÉ, QUI PASSAIT PAR HASARD PRÈS D'UNE MAISON, CONSTATA QUE TOUS LES HABITANTS AVAIENT ÉTÉ ASSASSINÉS.
B.B 2513
J'ÉTAIS LE SEUL SURVIVANT DE CE MASSACRE.
RIZÉ M'A ÉLEVÉ ET JE SUIS DEVENU SILVER CLAIMER À MON TOUR.
ell me what you want most!

LE MASSACRE D'UNE FAMILLE...
C'EST EXACTEMENT CE QU'A FAIT LANCE !!
VOUS DEUX, VOUS ÊTES LES SEULS RESCAPÉS !!
C'EST UNE POSSIBILITÉ, EN EFFET. DEPUIS CE JOUR, JE NE SUIS PLUS JAMAIS RETOURNÉ DANS CETTE MAISON.
JE N'AI MÊME PAS VÉRIFIÉ LES CORPS ET JE NE ME SUIS PAS OCCUPÉ DE L'ENTERREMENT... PLUS RIEN N'AVAIT D'IMPORTANCE...
NÉANMOINS, SI TU APPARTIENS VRAIMENT À LA FAMILLE MUSICA...
TU DOIS AVOIR UNE MARQUE SUR LE BRAS DROIT.
ZWIP

COMME CECI !!
DOOM
MUSICA... MONTRE-NOUS TON BRAS DROIT !
...
ZWIP
SHHH
ÇA ALORS... IL N'A PAS DE MARQUE...
DONC...
NOUS VOILÀ FIXÉS.

*N.D.T. : “hebi” en japonais qui signifie “serpent”.

BON, J'Y VAIS. BYE, HARU...
PORTE-TOI BIEN.
MUSICA... JE REVIENDRAI VOUS VOIR UN JOUR !
ALORS D'ICI LÀ, TÂCHEZ DE NE PAS MOURIR !
PFF... SALE GOSSE...
NE PARLE PAS DE MALHEUR !
DASH
AH...
MUSICA, QUI ÉTAIENT CES GENS ?
...
ZWIP

TU AS RÉUSSI.
C'EST VRAI, RIZÉ ?!
OUI... TU ES LE PREMIER À Y ÊTRE PARVENU AUSSI JEUNE !

TU AS ENCORE BEAUCOUP À APPRENDRE, MAIS TU AS ACQUIS TOUTES LES BASES POUR MANIPULER L'ARGENT.
LES DÉFUNTS MEMBRES DE TA FAMILLE DEVAIENT ÊTRE DES EXPERTS EN ARMES.
HI HI HI HI HI...
PEUT-ÊTRE !
VOYONS... QUE POURRAIT-ON FAIRE POUR CÉLÉBRER TA RÉUSSITE ?
JE VEUX CETTE MARQUE SUR LE BRAS !
UN TATOUAGE ?
JE NE SAIS PAS TROP CE QUE C'EST, MAIS...
JE VOUDRAIS LA PORTER SUR LE BRAS !
JE SUPPOSE QUE CE SONT LES ARMOIRIES DE TA FAMILLE...
JE VOIS...
ALLEZ, TENDS-MOI TON BRAS GAUCHE...

ON SE REVERRA UN JOUR…
GRAND-PÈRE !

HOLY
ATTACK GODDESS
PFF...
IL N'AVAIT PAS LE SYMBOLE, MAIS C'ÉTAIT BIEN VOTRE PETIT-FILS, NON ?
J'EN SUIS PERSUADÉ.
JE N'EN DOUTE PAS.
HEIN ?
CE GARÇON EST MON PETIT-FILS... HAMLIO MUSICA !
ALORS POURQUOI...
JE T'AI ENTENDU PARLER AVEC HAMLIO.
JE ME SUIS DIT QUE JE NE SERAIS QU'UN OBSTACLE POUR LUI, QUI VEUT VOYAGER À TRAVERS LE MONDE.

IL ÉTAIT INUTILE DE SE LE DIRE CLAIREMENT...
SAVOIR QU'IL EST EN VIE SUFFIT À MON BONHEUR, TU NE CROIS PAS ?
...
C'EST VRAI...
VOUS AVEZ RAISON.
Trois jours plus tard
3 days after
WEAPON
VOUS PARTEZ DÉJÀ ?
EH OUI !
MERCI D'AVOIR RÉPARÉ MON ÉPÉE.

JE T'EN PRIE... C'EST À MOI DE TE REMERCIER POUR TOUT CE QUE TU AS FAIT...
JE NE SAIS PAS QUOI DIRE.
J'AI PAS TOUT COMPRIS, MAIS JE SUIS BIEN CONTENTE POUR VOUS !
AU FAIT, HARU, QU'EST-CE QUE VOUS COMPTEZ FAIRE ?
CHERCHER LES QUATRE RAVE RESTANTS.
SHIBA M'A DIT QUE PLUE DEVAIT ME GUIDER JUSQU'À EUX, MAIS...
MAIS JE ME DEMANDE COMMENT.
J'EN DOUTE.
GWOOH
POOPOON
CROC
CHOMP
CROC
CHOMP
...
EH BIEN... JE NE SAIS PAS SI ÇA PEUT TE SERVIR D'INDICE, MAIS...
JE PENSE QUE TU DEVRAIS ALLER CHERCHER DU CÔTÉ DU *POINT DE CHUTE DU MÉTÉORE*.

IL Y A EXACTEMENT CINQUANTE ANS...
APRÈS L'OVERDRIVE, LES RAVE SE SONT DISPERSÉS...
À CE MOMENT PRÉCIS, J'AI VU UNE ÉTOILE FILANTE TRÈS BRILLANTE SE DIRIGER VERS LE NORD, ALORS QU'ON ÉTAIT EN PLEIN JOUR.
CETTE ÉTOILE ÉTAIT PEUT-ÊTRE UN DES RAVE...
LE POINT DE CHUTE DU MÉTÉORE ?
QUEL JOLI NOM !
JE NE DOIS PAS ÊTRE LE SEUL À L'AVOIR VUE... EN INTERROGEANT LES BONNES PERSONNES, VOUS DEVRIEZ POUVOIR REMONTER JUSQU'AU POINT DE CHUTE DU MÉTÉORE...
OU PLUTÔT DU RAVE ! VOUS TROUVEREZ LE "RAVE POINT" !
MAIS OUI !! C'EST ÉVIDENT !!
ET J'AURAI UN AUTRE RAVE !!
HMM... CELA DIT, JE N'EN SUIS PAS SÛR. N'OUBLIE PAS QUE C'EST JUSTE POUR TE METTRE SUR UNE PISTE.
OUAIP !! MERCI !!

DOOOM
EN ROUTE VERS NOTRE NOUVELLE DESTINATION, LE NORD !!
LE POINT DE CHUTE DU MÉTÉORE !!
AU NORD DE PUNK STREET, LES MONSTRES SONT DE PLUS EN PLUS NOMBREUX, ALORS FAITES ATTENTION.
AH, OK !
À BIEN-TÔT !!
CE PETIT PORTE EN LUI UN CHARME BIEN MYSTÉRIEUX... IL SERAIT SANS DOUTE CAPABLE DE RAMENER LA PAIX SUR CETTE TERRE.
COURAGE À TOI...
HARU, LE RAVE MASTER !!
HARUUU !! REGARDE UN PEU !!

TADAAAAM !!
STREET
VROOOM
WAOOOH
...
POOON
C'EST QUOI, CE TRUC ?!
VROOOM
...
J'AI ACHETÉ UNE VOITURE À CHEVAL POUR NE PAS TOUT FAIRE À PIED !
C'EST PAS UN CHEVAL, ÇA !
IL REMUE LA TÊTE À TOUTE ALLURE !
VROOOOM
IL MANGE DES CAROTTES, EN TOUT CAS.
TIENS, IL Y A MÊME UN CHAUFFEUR... ENFIN, UN...
...
POUIC
IL N'EST MÊME PAS HUMAIN !!
BON, EN ROUTE POUR LE NORD !!
NAAAN !! J'VEUX PAS MONTER LÀ-DEDANS !!
POOON
ROLL ROLL ROLL
Un seul chemin... Le nord...

RAVE 19 ⊕ : HYSTERIC PLUE?!

DIS-MOI, ELIE... C'EST COMMENT, LE NORD ?
AUCUNE IDÉE... JE N'Y SUIS JAMAIS ALLÉE...
ROLL ROLL ROLL
ガタ ガタ ガタ…
JE SUIS ARRIVÉE À PUNK STREET DEPUIS L'OUEST.
ガタ ガタ
ROLL ROLL
JE NE CONNAIS PAS LA PARTIE NORD DU CONTI-NENT.
HMM... C'EST PAS TRÈS MALIN DE PARTIR VERS LE NORD SANS POINT DE REPÈRE...
IL Y A UN VILLAGE.
?
TU AS DIT QUELQUE CHOSE ?
NON, CE N'EST PAS MOI.
DANS UNE VALLÉE DU NORD SE TROUVE UN VILLAGE APPELÉ SKA.
POUIC
プルン
プルン
POUIC
MAIS TU PARLES !!

POUIIIC
OUI... JE ME PRÉSENTE, JE M'APPELLE GRIFFON KATO.
ENCHANTÉ, M. HARU, MAÎTRE PLUE ET MLLE ELIE.
EUH... MOI DE MÊME...
POURQUOI PLUE A DROIT À UN "MAÎTRE" ?
REGARDE DEVANT TOI, QUAND TU CONDUIS !
NE VOUS INQUIÉTEZ PAS.
FSHH
J'AI RÉGLÉ LE CHEVAL EN PILOTE AUTOMATIQUE.
WAOOOH
CE N'EST PAS UNE MACHINE !!
ROLL ROLL ROLL ROLL
HA HA HA HA HA !! TU ES UN DRÔLE DE BONHOMME, TOI ! RAVIE DE TE CONNAÎTRE, GRIFFON JIRO !!
MERCI... MAIS C'EST KATO. ET VOUS POUVEZ M'APPELER GRIFF.
POON
VOS DÉSIRS SONT DES ORDRES, MAÎTRE PLUE !!
ENCORE UN TARÉ.
FUIT
EN TOUT CAS, C'EST RASSURANT D'AVOIR QUELQU'UN QUI CONNAÎT L'ITINÉRAIRE. ON COMPTE SUR TOI, GRIFF !
OUI.

NOUS ALLONS MARQUER UNE COURTE PAUSE, SI VOUS LE VOULEZ BIEN.
ぐもーん
GWOOOH
ぷるるん
POUIIC
C'EST PAS TOI QUI DÉCIDES !!
ぎゅるるるる...
GROUIIC
CE N'EST PAS UNE MAUVAISE IDÉE. J'AI UN PEU FAIM, PAS TOI ?
TIENS ! PLUE AUSSI !
...
BON, D'AC-CORD.
ALORS, GRIFFON KITAJIMA... ON SE TROUVE DANS QUELLE PARTIE DU CONTINENT, EN CE MOMENT ?
VOUS LE FAITES EXPRÈS ?

NOTRE POSITION ACTUELLE SUR LE CONTINENT SONG SE SITUE EXACTEMENT ENTRE PUNK STREET ET LE VILLAGE DE SKA.
EXPERIMENT
SKA
SOUTH OF SONG CONTINENT
POSITION ACTUELLE
PUNK STREET
HIP HOP
GARAGE
EN CONTINUANT AU NORD, NOUS ARRIVERONS À SKA. ENCORE PLUS AU NORD, AU CENTRE DU CONTINENT SONG, SE TROUVE LA PLUS GRANDE CAPITALE DU CONTINENT : EXPERIMENT.
GÉNIAL !! ELLE EST GRANDE COMMENT ?
FWAP
EUH... COMME ÇA !!
JE NE ME RENDS PAS BIEN COMPTE...
J'AI HÂTE D'Y ÊTRE.
HÉ, HARU !! VIENS VOIR !!
JE VOULAIS TE DEMANDER...
CE TRUC, DANS TON ÉPÉE... C'EST ÇA, UN RAVE ?
QUOI ?
VIENS VITE !!

OUI, EXACTEMENT...
HMM...
J'AI L'IMPRESSION...
D'EN AVOIR DÉJÀ VU UN QUELQUE PART.
KIII
POURQUOI TU FAIS CETTE TÊTE ?
HEIN ?

TU NE ME CROIS PAS PARCE QUE JE SUIS AMNÉSIQUE...
PAR-DON ?
PAS DU TOUT !! JE SUIS ÉTONNÉ, C'EST TOUT !!
TU MENS !!
TU NE ME FAIS PAS CONFIANCE !! J'AI BIEN VU TA TÊTE !!
ET MOI, JE TE DIS QUE TU TE TROMPES !!
HMPF
フン
TSS
チッ
J'EN AI MARRE !
JE VAIS À LA SOURCE THERMALE AVEC PLUE.
FUIT
ヒョイ
IL Y EN A UNE TOUT PRÈS D'ICI.
...
?
DIS, HARU... ÇA FAIT UN MOMENT QUE J'Y PENSE...
EUH... À QUOI ?

TU N'AURAIS PAS ENVIE DE TOURNER LE NEZ DE PLUE ?
GWOOOH
ぐもーん
BRR
ぴく
BRR
ぴく
ET PUIS QUOI, ENCORE ?!
REGARDE, ON DIRAIT UNE VRILLE... ON POURRAIT LA DÉVISSER...
POON
プー
FAIS PAS ÇA !!
PFF... JE VAIS À LA SOURCE, À TOUT À L'HEURE !
DÉVISSE, DÉVISSE...
POON
NE T'AVISE PAS D'ES-SAYER DES TRUCS LOUCHES !!
MAIS NON ! ET TOI, SI TU ESSAYES DE ME MATER, JE T'ASSOMME !!
IDIOT !
DÉVISSE, DÉVISSE !
DE LA MATER ?
TOUT EST PRÊT, M. HARU.
TOI, JE VAIS TE TUER !!

QUEL RABAT-JOIE, CE HARU !!
POON
IL M'É-NERVE !
POON
ポン
じーー
KIIII
AH !! ET PUIS ZUT !! JE LE TOURNE QUAND MÊME !!
POON POON POON
COUIC
くるっ
TU COMPRENDS ? JE SUIS PAS UN VOYEUR. JE VIENS JUSTE SURVEILLER ELIE.
TAP
TAP
BIEN REÇU.
HIIIIIIIII !!
ELIE !! QUE SE PASSE-T-IL ?!
TAP TAP
すたたたっ
TAP TAP
HARU !!
EXCUSE-MOI, HARU... J'AI TOURNÉ LE NEZ DE PLUE...

BRR
ぴく
ET IL EST DEVENU TOUT MOU.
POON
BRR
ぴく
AAAH !! PLUE !!
MAÎTRE PLUE !!
C'EST MALIN, ELIE ! BRAVO !
OOOH
QU'EST-CE QU'ON PEUT FAIRE ?
BAH D'ABORD, ESSAYE DE LE TOURNER DANS L'AUTRE SENS !
D'ACCORD...

IL EST DEVENU ENCORE PLUS MOU !!
BRR ぴく
BRR ぴく
POOON
しおーん
PLOTCH
COUIC くるっ
FLOP へなん
...
BIEN JOUÉ, TU AS EMPIRÉ LES CHOSES !!
C'EST TOI QUI M'AS DIT DE LE TOURNER DANS L'AUTRE SENS !!
...
IL FAUT LUI DONNER À MANGER. ÇA DOIT ÊTRE PARCE QU'IL A FAIM.
AT-TENDS, JE VAIS M'HABIL-LER !!
MOI AUSSI, JE VAIS ME CHANGER.
プルル TAP
ルル… TAP
すたすた… POUIIIC
DE QUELS HABITS TU PARLES ?
MAINTENANT QUE VOUS LE DITES, JE N'AI PAS DE VÊTEMENTS...
ぐぃっ GRIP
プルン POUIC

しおーん
PLOTCH
C'EST LA TRENTIÈME SUCETTE QU'IL ENGLOUTIT, SANS RÉSULTAT...
POURQUOI T'ES TOUT MOU, PLUE ?
HMM... VITE, UNE BONNE IDÉE...
À QUOI TU JOUES ?!
SPLASH
ザパー
PEUT-ÊTRE QU'IL GUÉRIRA SI ON LE MOUILLE !
GRR
PLUE NE SAIT PAS NAGER ! TU VEUX LE TUER ?!
ザパア
SPLASH
T'ES PAS FIABLE, ELIE !! JE ME CHARGE DE LE SOIGNER !!
!
ムッ
GRRM
JE VAIS LE REGONFLER AVEC DE L'AIR.
DOOM
ARRÊTE, IL VA EXPLOSER !!
SSS
AIR
ÇA IRA MIEUX SI JE LE PLANTE DANS LA TERRE !!
FRSHH
ÇA NE VA RIEN ARRANGER !!

IL LUI FAUT DE L'AIR.
PAS DU TOUT !!
DE LA TERRE !!
DE L'AIR !!
DE LA TERRE !!
DE L'AIR !!
DE LA TERRE !!
DE L'AIR !!
GRRR
GRRR
PFF... C'EST TA FAUTE, À TOI DE LE GUÉRIR !
FRSH
TENT 0003
POF
BIP
FLAP
MOI JE VAIS ME COUCHER !!
BAOM
TENT
OK ! BONNE NUIT, ÉGOÏSTE !!

PIOTCH
しおーん
POOON
プーン
PLUE...
QUE FAIRE ? IL N'Y A PAS D'HÔPITAL DANS LE COIN...
MAIS OUI !!
JE DOIS JUSTE RETOURNER À PUNK STREET !!
JE VAIS RÉVEILLER GRIFF...
NON... C'EST MA FAUTE, APRÈS TOUT...
ZZZ
ぐみーん
ぐみーん
ZZZ
PARDON, PLUE.
JE VAIS T'EMMENER DANS UN HÔPITAL À PUNK STREET.
POOPI
ピピー

DASH
ダッ
TENT
ZZZ
HAAA...
HAAA...
HAAA...
HAAA...
HAAA...
ザッ
TAP
TING
BRR
ビクッ
AÏÏÏE !!
ぺたっ
PLAF
C'EST VRAI QUE JE SUIS PARTIE PIEDS NUS.
!

PAS LE TEMPS DE TRAÎNER !
EN ROUTE POUR L'HÔPITAL.
FUIT
よっ
ズキ
TING
ズキ
TING
!
グゴゴゴゴ!!
GROOO
!!
OH NON... C'EST QUOI, CE MONSTRE ?
ÇA TOMBE MAL...
ARRÊTE !! JE NE T'AI RIEN FAIT !!
CLAC
ガク...
VA-T'EN !!
グォオオオ
GROAAAR

EXACT, LAISSE-LA...
!
STAP
OU JE T'EMBROCHE.
ビクッ
GLOUPS
ズシン
STOMP
ズシン
STOMP
HARU...
ガシッ
TCHAC
STOMP
STOMP

TU PARS SANS MOI ? TU COMPTAIS ALLER OÙ ?
...
HOULÀ... TES PIEDS SONT DANS UN ÉTAT... FAIS-MOI VOIR ÇA !
ZWIP
EXCUSE-MOI.
C'EST MA FAUTE SI PLUE EST TOUT MOU.
ALORS JE VOULAIS L'EMMENER À L'HÔPITAL.
AH OUAIS ? C'EST PLUTÔT MOI QUI DOIS M'EXCUSER ! JE NE VOULAIS PAS TE FAIRE CULPABILISER !

ON Y VA TOUS LES DEUX ?
OH OUI !
JE TE PORTE SUR MON DOS ?
DANS TES BRAS, PLUTÔT !
EUH... C'EST UN PEU GÊNANT...
POON
AH... PLUE S'EST RÉVEILLÉ...
!!
プーー!
POON
MAIS... IL EST REDEVENU NORMAL !!

FORMIDABLE !! JE ME SUIS FAIT TELLEMENT DE SOUCI POUR TOI ! TU ME PARDONNES ?!
POON
HA HA HA HA HA !!
POON
POO POON
COMMENT ÇA SE FAIT ?
POUR FÊTER ÇA, ON VA RETOURNER À LA SOURCE THERMALE !
POON
Le soir
NOOON !! JE N'AI PAS TOURNÉ SON NEZ ET IL S'EST RAMOLLI QUAND MÊME !!
AH, J'AI COMPRIS !! TU NE SUPPORTES PAS L'EAU CHAUDE, C'EST ÇA ?!
POON
JE VOIS... ET IL RETROUVE SA FORME INITIALE APRÈS AVOIR DORMI... N'EMPÊCHE QUE MLLE ELIE A UNE POITRINE MAGNIFIQUE...

RAVE 20 ⊕ : LA PLUIE LA PLUS FROIDE DE LA TERRE

Cinq jours après le départ de Punk Street
ROLL
ROLL
ROLL
YOUPI !!
YOU WIN!!
GWOOH
ON POURRAIT ARRÊTER CE JEU DÉBILE ?
ARF...
BZZ
YOU LOSE!!
ÇA FAIT VINGT FOIS DE SUITE !!
YOU WIN!!
TA
DAAM
J'AI ENCORE GAGNÉ !!
OUI ?
POUIC
M. HARU.
TU PARLES, IL Y A QU'UN SEUL PERSON-NAGE... QUE DES KOMÉKICHI...
MILKY WAY3D
PLAYER SELECT
VS
00 – 20
POURQUOI ?! J'ADORE "KOMÉKICHI FIGHTER II" !!

GROO
GROO
GROO
LE TEMPS SE GÂTE, IL VA PLEUVOIR.
IL SERAIT BON DE DÉPLIER LE TOIT.
SUR LE CÔTÉ DROIT DE LA VOITURE, VOUS TROUVEREZ UN BOUTON PORTANT L'INSCRIPTION "ROOF".
ÇA ?
ROOF
BIP
ROLL ROLL ROLL
AUCUNE RÉACTION.
VOUS AVEZ APPUYÉ ?
VSHH
VOILÀ !!
GWAAAAAH !!
GWOOOH

ボオ
FLOP
AINSI, NOUS N'AVONS PLUS RIEN À CRAINDRE DE LA PLUIE.
C'EST SUPER, GRIFF !!
ET LE BOUTON, IL SERVAIT À QUOI ?
VEUILLEZ NE PAS VOUS EN FAIRE POUR MOI. JE NE ROUILLE QUE TRÈS RAREMENT...
ÇA NE M'ÉTAIT PAS VENU À L'IDÉE.
ザー
SHHHH
PLITCH バシャ
PLITCH バシャ
PLITCH バシャ
QUELLE AVERSE...
OUI.
GROOO
ゴゴゴゴ...

ドドオ
BRAOOOM
WAAH ! C'EST LA PREMIÈRE FOIS QUE JE VOIS LA FOUDRE D'AUSSI PRÈS.
J'AI LES OREILLES QUI BOURDON-NENT.
オオオオ
GROOO
?
ザザザザ
SHHHH
BAH ALORS, ELIE ? C'EST FINI !
ブルブル
BRR BRR
JE PENSAIS PAS QUE TU POUVAIS AVOIR PEUR POUR SI PEU...

!!
CLAC
CLAC
SHHHHHHH
POON
HÉ !! ÇA VA PAS ?!
SHHHH
GRIFF !! ELIE EST BIZARRE !! CONDUIS-NOUS QUELQUE PART OÙ ELLE POURRA SE REPOSER !!
NOUS ARRIVERONS AU VILLAGE DE SKA DANS QUELQUES INSTANTS. NOUS ATTEN-DRONS LÀ-BAS JUSQU'À CE QUE LA PLUIE CESSE.
SHHH
PLATCH
PLATCH

ザァァァァァ…
PSHHHH
Ska, le village dans la vallée
SKA VILLAGE
ザザ
SHHHH
PLUE ET MOI, ON VA CONDUIRE ELIE À L'AUBERGE.
ザザ
SHHHH
DE NOTRE CÔTÉ, NOUS RESTONS ICI POUR ÉTUDIER L'ITINÉRAIRE.
ザ
SHHHH
MAÎTRE PLUE, FAITES BIEN ATTENTION À VOUS !
POON
ALLEZ, ON Y VA !
ザザザザ
SHHHH
...

SHHHH
IL FAIT BIEN SOMBRE, PAR ICI...
SANS DOUTE À CAUSE DE LA PLUIE.
POON
SHHHH
UN TRUC CLOCHE.
SHHH
PAS GRAVE. ON VA DEMANDER À CETTE AUBERGE S'ILS PEUVENT NOUS LOGER.
HØTELSKA
CLAC
BON-JOUR !

TIENS, DES CLIENTS ? ÇA FAISAIT LONGTEMPS.
パスッ CLAP
Dancing Girl RESHA VALENTINE
NOM : LASAGNA PATRONNE DE L'AUBERGE
MON AMIE A BESOIN DE SE REPOSER...
JUSQU'À CE QU'IL S'ARRÊTE DE PLEUVOIR.
...
SUIVEZ-MOI.
EUH... VOUS AVEZ DES SERVIETTES ?
くる FUIT
BIEN SÛR... SÉCHEZ-VOUS AVANT D'ATTRAPER FROID.
FWAP
MAIS ELLES SONT TRÈS CHÈRES.
パサ PLAF
HEIN ?
OK...

TON AMIE DORT À POINGS FERMÉS.
TANT MIEUX...
PAR CONTRE, ELLE AVAIT L'AIR TERRIBLEMENT CHOQUÉE. QUE LUI EST-IL ARRIVÉ ?
ELLE EST COMME ÇA DEPUIS QU'ELLE A VU UN ÉCLAIR.
J'AI PAS COMPRIS POURQUOI.
AH...
LES ÉCLAIRS...
C'EST POUR COMBIEN DE NUITS ?
EUH... JUSQU'À CE QUE LA PLUIE S'ARRÊTE...
SHHHH...
BROOM
BROOM
FLASH
ALORS VOUS ALLEZ RESTER LONGTEMPS.

?
TAP
つか
TAP
つか
BIZARRE...
BREF... TU VIENS, PLUE ?! ON VA EXPLORER LE VILLAGE !!
POON POON !!
SHHH
ザァアアア
IL N'Y AVAIT AUCUN PARAPLUIE, DANS CET HÔTEL ! C'EST DE PLUS EN PLUS LOUCHE !
PREMIÈRE CHOSE À FAIRE : ACHETER UN PARAPLUIE.
バシャ PLATCH
バシャ PLATCH
POON
UN PARA-PLUIE, UN !
TIENS ?
ザァアア SHHH
ザァアアア SHHH
FUIT
ポイ
PFF !
ザー SHHHH

QUE FAIS-TU ICI SANS PARAPLUIE ?
!
GLOUPS
PLATCH
AH !
...
HA HA HA !! T'ES PLEIN DE BOUE !
GRR
HMPF
?
TU VAS CHOPER UN RHUME.
BONG
POON
GLOUPS
!!
COUCOU !! JE SUIS HARU ET LUI, C'EST PLUE !
POON
...

KIII
VOUS ÊTES DES ÉTRANGERS.
SHHHH
EXACT.
JE NE PARLE PAS AUX INCONNUS.
FUIT
TU ES EN TRAIN DE ME PARLER...
...
HÉ HÉ HÉ... T'AS VU, PLUE ? IL EST MARRANT !!
POON
VOUS ME DÉRANGEZ ! FICHEZ LE CAMP !!
JE SUIS EN TRAIN DE CHASSER LES DÉMONS !!
LES DÉMONS ?
GRIP
EN VOILÀ UN !!
COÂ !
DOOOM
MAIS C'EST UN CRAPAUD !!

SHHHH
NYARK
TING
HÉ !!
VSHH
PLOF
ZUT...
MÊME LES CRAPAUDS ONT LE DROIT DE VIVRE !! LAISSE-LE TRANQUILLE !!
PEUH...
JE VAIS LE TUER.
SI J'ARRIVE À TUER CE DÉMON... ALORS...
GROOO

GRIP
!!
JE T'AI DIT DE LE LAISSER TRANQUILLE.
...
SHH
POUR-QUOI...
TU TE MÊLES DE ÇA...
SHHH
ALORS QUE TU NE SAIS RIEN DU TOUT ?!!
DASH
AH !
PLATCH
PLATCH
PLATCH
SALUT À TOI, VOYA-GEUR...
SSH...
GLOUPS

RIEN NE POURRA RAISONNER CE GARÇON...
IL EST IMPOSSIBLE D'APAISER LE CŒUR D'UN ENFANT QUI N'A JAMAIS VU LE SOLEIL.
SHHHH
LE SOLEIL ?
TU FERAIS MIEUX DE QUITTER CE VILLAGE.
NOUS SOMMES CONDAMNÉS.
SHHH
SHHH
HØTELSKA
TINO !! JE T'AVAIS POURTANT DIT DE NE PAS SALIR TES VÊTEMENTS !!
COMBIEN DE FOIS IL FAUT TE LE RÉPÉTER ?!
HMM ? QUE SE PASSE-T-IL ?
AH...

AAAH !! C'EST LUI, MAMAN !!
C'EST LUI QUI M'A EMPÊCHÉ DE TUER LE DÉMON !!
DOOOM
ど――ん!!!
OH, LE GAMIN DE... COMMENT ÇA, "MAMAN" ?
FUIT
すくっ
C'EST À CAUSE DE LUI QUE J'AI SALI MES VÊTEMENTS !
ÇA SUFFIT, VA DANS TA CHAMBRE !!
BON... D'ACCORD...
BAH ALORS, IL FAUT PAS VOUS METTRE DANS UN ÉTAT PAREIL POUR SI PEU...
TAP-TAP
すたたた
LE PAUVRE !
MA GRANDE SŒUR DIT TOUJOURS QUE LES GARÇONS SONT FAITS POUR JOUER DANS LA BOUE !
TA GRANDE SŒUR DIT N'IMPORTE QUOI !!
ON VOIT QUE CE N'EST PAS VOUS QUI FAITES LA LESSIVE...
C'EST INFERNAL DE FAIRE SÉCHER DU LINGE, ICI !
AH OUI, À CAUSE DE LA PLUIE.
ザァァァ
SHHH
C'EST PAS GRAVE, VOUS N'AUREZ QU'À FAIRE LA LESSIVE DEMAIN.

BAH ?
UN PROBLÈME ?
IL PLEUVRA ENCORE DEMAIN.
...
TU N'ES PAS DE LA RÉGION, N'EST-CE PAS ?
C'EST POUR ÇA QUE TU N'ES PAS AU COURANT.
SHHHH
CETTE PLUIE NE S'ARRÊTERA JAMAIS.

QUOI ?
C'EST IMPOSSIBLE...
EH SI...
ÇA FAIT MAINTENANT CINQ ANS QU'IL PLEUT SANS CESSE.
DU MATIN AU SOIR, ÇA NE S'ARRÊTE JAMAIS. ET CELA CONTINUERA POUR TOUJOURS.
ON TE L'A DIT ? C'EST VRAI... PAS UNE SEULE FOIS !
HI HI
IL EST PERSUADÉ QU'IL FERA BEAU S'IL TUE LES CRAPAUDS. IL EST UN PEU IDIOT, MON FILS.
"IL EST IMPOSSIBLE D'APAISER LE CŒUR D'UN ENFANT QUI N'A JAMAIS VU LE SOLEIL."
ALORS CE GARÇON N'A VRAIMENT JAMAIS VU LE SOLEIL ?
"SI J'ARRIVE À TUER CE DÉMON... ALORS..."

MAIS CE N'EST PAS LA FAUTE DES CRAPAUDS... C'EST À CAUSE DE CET HOMME...
UN HOMME ?
QUEL-QU'UN FAIT PLEUVOIR INTENTION-NELLE-MENT ?
OUI !! "L'HOMME QUI COMMANDE AUX ÉCLAIRS" EST VENU ÉTABLIR SON MANOIR PRÈS DE NOTRE VILLAGE !!
ET DEPUIS, LA PLUIE...
L'HOM-ME AUX ÉCLAIRS ...
C'EST LUI...
BRR
L'HOMME AUX ÉCLAIRS...
BRR

JE L'AI ENFIN RETROUVÉ.
PAR-DON ?
?
TAP
HÉ !
ELIE !!
DASH
LOVE BELIEVER
MAIS... ATTEN-DEZ !!

RAVE 21 ✠ : LES CŒURS QUE L'ON NE PEUT APAISER

ELIE !!
QU'EST-CE QUI TE PREND ?!
DASH
HÉ !!
DASH
ATTENDS-MOI !!
TU M'EN-TENDS ?!
ELIE !!
NE VOUS APPROCHEZ PAS DE L'HOMME AUX ÉCLAIRS !! RAMÈNE VITE TON AMIE !!
FAMP
TAP
TAP
TAP

BOBOM
ドキ
BOBOM
ドキ
ILS SONT PARTIS COMBATTRE L'HOMME AUX ÉCLAIRS ?
ドキ
ドキ
BOBOM
BOBOM
ザァァァ…
SHHHH
ELIE, DIS-MOI CE QUE TU AS !! ON EST AMIS, NON ?!
だっだっだっ
TAP TAP TAP
キュ
VSHH
!
GROOO
ゴオオオ…
HEIIIIN ?!
...
ÇA ALORS... ELLE COURT DRÔLEMENT VITE...
だー…
DASH

JE L'AI RE-TROUVÉ !!
L'HOMME AUX ÉCLAIRS !!
GROOO
ゴオオオオオ…
SHHHH
オオオオオ…
Un an auparavant… dans l'ouest du continent Song
1 YEARS AGO WEST OF SONG CONTINENT
GROOO
ゴオオオオ…
!
C'EST QUOI ?
ズキッ
TING
AÏE…

QU'EST-CE QUE JE FAIS LÀ ?
ET D'AILLEURS, OÙ SUIS-JE ?
???
!!
MAIS...
JE NE ME SOUVIENS PLUS DE RIEN !!
DOOOM
C'EST PAS VRAI...
AU SECOURS !!
IL Y A QUELQU'UN ?!
AH...
FLAH くらっ
POURQUOI J'AI SI MAL À LA TÊTE ?!
TAP
CLAC がくっ
!

TU ES TOUJOURS VIVANTE ?
QUOI ? TU ME CONNAIS ? TU SAIS QUI JE SUIS ?!
DIS-MOI, ON EST OÙ ? QU'EST-CE QUE JE FAIS ICI ?!

LES ÉCLAIRS VONT RÉPONDRE À TES QUESTIONS.
FWAP FWAP
HEIN ?
FWAP
H----!!
BROOOM
TU ES MORTE...
PLAF
VOILÀ TA RÉPONSE.
JE SUIS ENCORE EN VIE...

MAIS J'AI SI PEUR QUE JE NE PEUX PAS PARLER...
POURQUOI JE NE SUIS PAS MORTE ?
QUI SUIS-JE ?
E.L.I.E. ...
ELIE ?

C'EST MON NOM, ELIE ?
DASH
SHHH
ÇA NE SERT À RIEN, JE L'AI PERDUE DE VUE.
FUIT
FUIT
JE NE SAIS PAS NON PLUS OÙ SE TROUVE LE MANOIR.
POOON

BONG
OURF...
ÇA FAIT MAL-EUH !!
FUIT
くるっ
DOOOM
MAIS C'EST MON...
SHHH
JE SAIS TOUT.
TU VAS ALLER NOUS DÉBARRASSER DE L'HOMME AUX ÉCLAIRS, PAS VRAI ?

NON… J'ÉTAIS PARTI CHERCHER ELIE.
ELIE ? CETTE FILLE SI BIEN FICHUE ?
T'ES UN VIEUX PERVERS, OU QUOI ?
QUOI ?
FWAP
ELLE EST SORTIE ARMÉE !!
POURQUOI TU ES PARTI SANS ARME, TOI ?! L'HOMME AUX ÉCLAIRS EST TRÈS FORT, TU SAIS !!
JE VIENS DE TE LE DIRE, JE NE VAIS PAS ME BATTRE CONTRE LUI.
SHHH
…
AH BON…
BAH NON…

MAIS JE N'EN SAURAI PAS PLUS TANT QU'ELLE NE M'AURA PAS EXPLIQUÉ.
SHHH
ON DIRAIT QU'IL Y A UN LIEN ENTRE ELIE ET CE GARS.
JAMAIS DE LA VIE !!
ELIE CHEZ DEMON CARD ?! N'IM-PORTE QUOI !!
!
...
ZWIP
UN LIEN ? ALORS CETTE FILLE FAIT ÉGALEMENT PARTIE DE DEMON CARD ?!
AH BON... C'EST UN DEMON CARD...
SHHH
OUI !! L'HOMME AUX ÉCLAIRS EST MEMBRE D'UNE ORGANISATION MALÉFIQUE APPELÉE DEMON CARD !!
DEMON CARD ?

DANS CE CAS-LÀ, UNE SIMPLE DISCUSSION N'ARRANGERA RIEN.
SHHH
PASSE-MOI MON ÉPÉE.
!
MOI AUSSI, JE FERAI DE MON MIEUX POUR TUER TOUS LES DÉMONS !!
FWAP
TAP TAP
OÙ SE TROUVE SON MANOIR ?
EUH… PAR LÀ !! ALORS TU VAS TE BATTRE ?!
GRR…
FUIT
J'AI UN TRUC À TE DIRE.
BRR

SI LA PLUIE S'ARRÊTE, QUE JE TE REPRENNE PLUS À FAIRE DU MAL AUX CRAPAUDS !
DOOM
ザァー
SHHH...
JURE-LE-MOI !!
MAIS... CE SONT EUX, LES DÉMONS QUI FONT TOMBER LA PLUIE !!
QU'EST-CE QUE TU RACONTES ?! TU SAIS TRÈS BIEN QUE C'EST LA FAUTE DU GARS AUX ÉCLAIRS !!
PLATCH
PLATCH

TU REPORTES TA COLÈRE SUR DES CRÉATURES PLUS FAIBLES !!
GH...
GNN...
C'EST PARCE QUE...
GRIP
JE...
JE N'AI AUCUNE CHANCE DE GAGNER CONTRE L'HOMME AUX ÉCLAIRS...
TCHAC
MOI, JE VAIS LE BATTRE !!
CLAC
EISENMETEOR

ET JE TE MONTRERAI À QUOI RESSEMBLE LE SOLEIL !!
SHHHHH
!!

C'EST UN SERMENT D'HOMME À HOMME.
ALORS TIENS TA PROMESSE, TOI AUSSI.
D'AC-CORD...
POF
ポム
POF
ガチャ
COOL !
JE SAVAIS BIEN QUE TU ÉTAIS UN BON GARÇON, EN FAIT... ON VA DEVENIR TRÈS COPAINS, TOUS LES DEUX.
HEIN ?
ずずー…
SNIRF
AH !!
DASH
たっ!

UN COPAIN ?
SHHH
SHHHH
ALERTE !!
雷宮
TU ES BIEN BRUYANT, TOI, LE NOUVEAU !! C'EST À QUEL SUJET ?
IL ARRIVE !!
LE RAVE MASTER SE DIRIGE PAR ICI !!
PRÉVENEZ VITE LE BOSS !!

OH... PAS POSSIBLE... IL A RÉUSSI À TROUVER UN AUSSI PETIT VILLAGE ?
HÉ HÉ HÉ ...
PARDON ?
DÉPÊCHE-TOI, PLUE !!
TAP
TAP
POOON
PLATCH
PLATCH
J'AI COMME...
UN MAUVAIS PRESSENTIMENT !!
GLOUPS
GROOO

J'ESPÈRE QUE TOUT VA BIEN POUR TOI, ELIE...
雷館
GROOO
ゴオオ..

LE MANOIR...
DE L'HOMME AUX ÉCLAIRS...

RAVE
HIRO→
MASHIMA!!
HARU
YEAH!
PLUE
GRIFF

*N.D.T. : Palais de l'orage

RAVE 22 ✙ : DANCING HERO?!

TAP
CRIII
UNE PORTE EN FER...
CLAC
ガチャ
!
CE N'EST MÊME PAS FERMÉ À CLEF.
ÉTRANGE...
CLAC
IL FAIT TOUT NOIR !!
CLANG
ガチャン
LUMIÈRE !!
!!
FLASH !!

DOOOM
AINSI TE VOILÀ PETIT GARS.
NOM : GO DEMON CARD
TADAM
PETIT GARS ?
...
?
MAIS C'EST UNE FILLE !!
VSHH
BMISH

BWISH
ON RECOMMENCE !! ÉTEIGNEZ LES PROJECTEURS !! CHANGEZ LE SCRIPT POUR "FILLETTE" !!
HEIIIN ?!
JE SAVAIS QU'IL ÉTAIT TRÈS JEUNE, MAIS ON NE M'AVAIT PAS DIT QUE C'ÉTAIT UNE FILLE.
REGRET-TABLE ERREUR...
BWISH
LES ÉCLAI-RAGES SONT PRÊTS !!
BIEN !! ÉTEIGNEZ TOUT !! DEUXIÈME PRISE !!
TING
CE N'EST PAS LUI !
IL NE RESSEMBLAIT PAS DU TOUT À ÇA.
LUMIÈRE !!

QUE FAIS-TU ? TU T'EN VAS ?!
VSHH
HEIN ?
TADAM
AINSI TE VOILÀ, FILLETTE.
DÉSOLÉE, JE VOUS AI PRIS POUR QUELQU'UN D'AUTRE.
STOMP
STOMP
VOUS POUVEZ M'OUVRIR LA PORTE ?
NE FAIS PAS LA MALIGNE...
BRR
BRR
FILLETTE !!
VLAM
!!
CLONG

MAIS... OUVREZ-MOI LA PORTE !!
JE VOUDRAIS JUSTE M'EN ALLER !!
CETTE PORTE EST FAITE EN UN ALLIAGE SUPER RÉSISTANT.
BWISH
MAIS REGARDE.
J'Y AI LAISSÉ LA MARQUE DE MON POING.
CLONG
OOO———H !!
...
CLAP
CLAP
CLAP
CLAP
CLAP
CLAP
CLAP
JE PEUX Y ALLER, MAINTENANT ?
FLAH
BRR
BRR
TU ÉTAIS VENUE FAIRE QUOI, AU JUSTE ?
JE VOUS L'AI DIT !
C'EST UNE ERREUR.

J'AVAIS ENTENDU DIRE QUE L'HOMME AUX ÉCLAIRS ÉTAIT ICI, MAIS JE ME SUIS TROMPÉE DE PERSONNE.
L'HOMME AUX ÉCLAIRS ? BAH OUI, C'EST MOI.
NON, LE GARS QUE JE CHERCHE EST PLUTÔT DU GENRE **BEAU GOSSE**.
GLOUPS
QUOI ?!
CRITCH
COMMENT ÇA ?!
ENCORE PLUS BEAU QUE MOI ?
TU SOUS-ENTENDS QUE JE SUIS MOCHE ?
TU VAS VOIR...
PLAF
POUSSE-TOI !!
HIII !
GRRR
NON MAIS QUEL RUSTRE !!
SSS

ATA
TA
DOOOM
TA
TA
TA
WOOAAAH !! LA TEMPÊTE DES POINGS D'ACIER !!
HAA... HAA... HAA...
REGARDE... TU PENSES QUE JE POURRAIS FAIRE ÇA, SI J'ÉTAIS MOCHE ? HAA... HAA... HAA... HAA...
HAA...
OOOH
BWISH
HAA...
DONC JE NE SUIS PAS MOCHE... HAA... HAA...
Y A PAS D'AUTRE SORTIE ?
BWISH
REGAAAARDE !!
ATTENDS UN PEU, JE VAIS T'EN COLLER UNE.
HAAA...
TECHNIQUE DES POINGS D'ACIER...
GROOO
...
IL EST PÉNIBLE...

*N.D.T. : Arithmétique

OÙ EST ELIE ?
DOOOM
JE SUIS LÀ !
OUF, TU VAS BIEN !
POON
QUI C'EST, CE GARS ?
UN AMI DE LA RAVE MASTER...
TU AS FINI CE QUE TU AVAIS À FAIRE AVEC LE GARS AUX ÉCLAIRS ?
EN FAIT, JE ME SUIS TROMPÉE ! DÉSOLÉE DE T'AVOIR CAUSÉ DU SOUCI !
TOUT VA BIEN, ON PEUT S'EN ALLER !
TAP
TAP
NON...
EN FAIT, MOI AUSSI J'AI DES CHOSES À RÉGLER...
AVEC CES TYPES.

HEIN ?
QUI D'ENTRE VOUS EST LE GARS AUX ÉCLAIRS ?!
AMÈNE-TOI !!
DOOM
LE GARS AUX ÉCLAIRS ?
M. GO ?
IL EST DANS LES VAPES...
BOING
...
RÉVEIL-LEZ-LE. J'AI À LUI PARLER.
POUR QUI IL SE PREND, CELUI-LÀ ?
ON VA LUI RÉGLER SON COMPTE AVANT DE S'OCCUPER DE LA RAVE MASTER.
PARDON ?
?

ATTEN-DEZ.
!!
MLLE ROSA !!
VOUS ÉTIEZ LÀ ?!
OUI... QUI A OSÉ FAIRE ÇA À MON PETIT AMI ?
?
CE SONT EUX !!
JE SAIS BIEN !
J'AI TOUT VU.
ALORS POURQUOI VOUS DEMANDEZ ?
GWOOOH
CLAC
MUSIC!!
?
TAM
TAKA
TOUM
TAM
STAP
QUI C'EST, CETTE FILLE ?
TAKA
TOUM

BOUM
BOUM
YEAH!
TCHAKA
IT'S TIME TO DANCE!
BOUM
TCHAKA
BOUM
TAP
TAP
ROSA
PETITE AMIE DE GO DEMON CARD
TCHAKA
TU VAS DANSER JUSQU'À LA MORT.
TCHII
BOUM
BOUM
TCHII
TCHAKA
TCHAKA
QU... QU'EST-CE QU... BAH...
BOUM
QU'EST-CE QUI T'AR-RIVE ?!
TCHAKA
TAP
TAP
TAP
TAP
TAP
TAP
BOUM
HI HI HI ...
BOUM
BOUM
MON CORPS...
BOUM
S'EST MIS TOUT SEUL...
BOUM
BOUM
BOUM
BOUM

TCHAKA
TCHAKA
TAP TAP TAP TAP
À DANSER ?!
HEIIIN ?! MAIS C'EST PLUTÔT CLASSE !!
BOUM
BOUM
TU TROUVES ?
BOUM
DOM
DOM
LES HOMMES QUI ENTENDENT CE MORCEAU NE PEUVENT PAS S'EMPÊCHER DE DANSER.
C'EST DRÔLE, NON ?
DOM
BOUM
BOUM
BOUM
GH... UNE TECHNIQUE RÉSERVÉE AUX HOMMES... D'AILLEURS, EUX AUSSI...
...
DOOOM
BRR
BRR
BRR
BRR
PLUE, TOI AUSSI ?!
ÇA VOUDRAIT DIRE QUE TU ES UN MÂLE ?!
POON
TAP
TAP
FINA-LEMENT NON ?!
STOP!
CLAC

HAA...
HAA...
HAA...
HAA...
FIOUUUH...
HAA...
HAA...
PLAF
HAA...
JE SUIS CREVÉ... ELLE EST TERRIBLE, CETTE TECHNIQUE...
MLLE ROSA !! ÉPARGNEZ-NOUS, JE VOUS EN PRIE !! VOUS VOULEZ NOUS TUER, NOUS AUSSI ?!
HI HI HI... OH, EXCUSEZ-MOI !
TU ES LA PETITE AMIE DU GARS AUX ÉCLAIRS ?
HAA...
HAA...
EXACT.
TU VOULAIS PARLER À GO ? JE T'ÉCOUTE.
DOOOM

LA PLUIE...
FUIT
すくっ
?
算数
ARRÊTEZ CETTE PLUIE SUR-LE-CHAMP !!
...
HI HI !
QU'EST-CE QUE TU RACONTES ?
JE NE PEUX PAS !
!!
COMMENT ?!
TU PEUX ME DIRE DANS QUEL BUT LA PLUIE TOMBE SANS CESSE ?

TADAM
POUR LE FILM, VOYONS !!
HEIN ?
EN FAIT, GO EST RÉALISATEUR DE CINÉMA.
ET L'ACTRICE PRINCIPALE DE SON PROCHAIN FILM, C'EST MOI ! IL M'A DIT : "LA PLUIE TE VA SI BIEN"...
ET C'EST LÀ QU'IL A EU CETTE IDÉE LUMINEUSE !! LE FILM SERA COMPOSÉ UNIQUEMENT DE SCÈNES DE PLUIE !!
IL VA RÉVOLUTIONNER L'HISTOIRE DU CINÉMA !!
ALLEZ TOURNER AILLEURS...

IMPOSSIBLE ! ON A DÉJÀ TOURNÉ LA MOITIÉ DU FILM !
ON NE PEUT PAS CHANGER DE DÉCOR MAINTENANT.
TU VOUDRAIS QUE, POUR LA MOITIÉ QUI RESTE, ON CRÉE LA PLUIE PAR ORDINATEUR ? ÇA NUIRAIT AU RÉALISME...
!!
NE ME DIS PAS QUE...
GO-FILM
TU N'AS JAMAIS VU UNE SEULE DES RÉALISATIONS DE GO ? SES FILMS SONT RÉPUTÉS JUSTEMENT PARCE QU'IL N'UTILISE PAS D'IMAGES DE SYNTHÈSE POUR SES EFFETS SPÉCIAUX.
TIENS... JE SUIS SÛRE QUE TU CONNAIS SON FILM LE PLUS CÉLÈBRE : "BONJOUR POPPY", IL A RAFLÉ TOUS LES PRIX DANS LA CATÉGORIE HUMORISTIQUE, ET...
LA FERME.
VOUS ÊTES TARÉS...
VOUS N'IMAGINEZ MÊME PAS...
À QUEL POINT LES GENS DU VILLAGE SOUFFRENT À CAUSE DE VOUS !!

AH NON... JE N'Y AI JAMAIS PENSÉ...
ESPÈCE DE...
GRIP
C'EST POUR LE BIEN DU SEPTIÈME ART !!
TU VAS LE PAYER !!
DASH
C'EST TOUT CE QUE TU AVAIS À DIRE ?
ALORS J'EN AI FINI AVEC TOI.
ALLEZ, DANSE JUSQU'À LA MORT.
CLAC
MUSIC!
BON SANG !! DANSER DANS UN MOMENT PAREIL... C'EST LAMENTABLE...
BOUM
BOUM
TCHAKA
TCHAKA
HA HA HA HA HA HA !!

TOUS LES HOMMES DANSENT.
TCHAKA
NOUS SOMMES LES DEUX SEULES À POUVOIR BOUGER LIBREMENT PENDANT CE MORCEAU.
TCHAKA
TCHAKA
HEIN ?
MOI ?
TAP
TAP

RAVE 23 ✚ : LA RUMBA D'ELIE !

RAVE
NAVRÉE, MAIS JE ME RENDS.
FUIT
ペコ
FUIT
ペコ
...
...

JE VAIS TE TUER !!
CLIIING
ÇA NE SERT À RIEN DE T'EXCUSER !!
EUH... TU SAIS, CE N'EST VRAIMENT PAS MOI...
OH ! TU VEUX PROTÉGER TON AMIE, COMME C'EST GENTIL !
MÊME PAS !!
NE TOUCHE PAS À ELIE !!
ARRÊTE !! C'EST MOI, LE RAVE MASTER !!
WAAH !! ATTENDS !!
TAIS-TOI !! FAIS TES PRIÈRES !!
DASH

ÇA SUF-FIT !!
CLAC
QU'EST-CE QUE...
TCHAC
JE T'AI FAIT, À LA FIN ?!
CLAAANG
OOH !!
PAS MAL.

BONG
URGH !!
ELIE !!
TU M'AS FAIT MAL !
FWAP
HI HI HI !!
!!
TU AS SALI MES GUNS-TONFAS TOUT NEUFS !!
TU VAS LE REGRETTER !!
TAP
HÉ !
TCHAC
T'AS TOUT GAGNÉ ! JE TE DÉTESTE !!

ズガガガガ
BAM
BAM
BAM
BAM
ÇA ME PORTE SUR LES NERFS !!
ET MOI DONC !!
TU AS UNE TÊTE À TROP COMPTER SUR LES HOMMES !!
AH OUAIS ?! ET LA TÊTE DE TON MEC, TU LA TROUVES PAS UN PEU LOUCHE ?
COMMENT ÇA ?! T'AS DES PROBLÈMES DE VUE OU QUOI ?
とろーん
BLURB

C'EST TOI QUI AS UN PROBLÈME !!
DOOM
URGH !!
OH EST QUITTES.
ÇA FAIT MAL, HEIN ?
SHHHH
BRR
GH...
GÉNIAL !!
POOON
SALE PETITE ...
JE N'EN SUPPORTERAI PAS DAVANTAGE !!
CLIIING

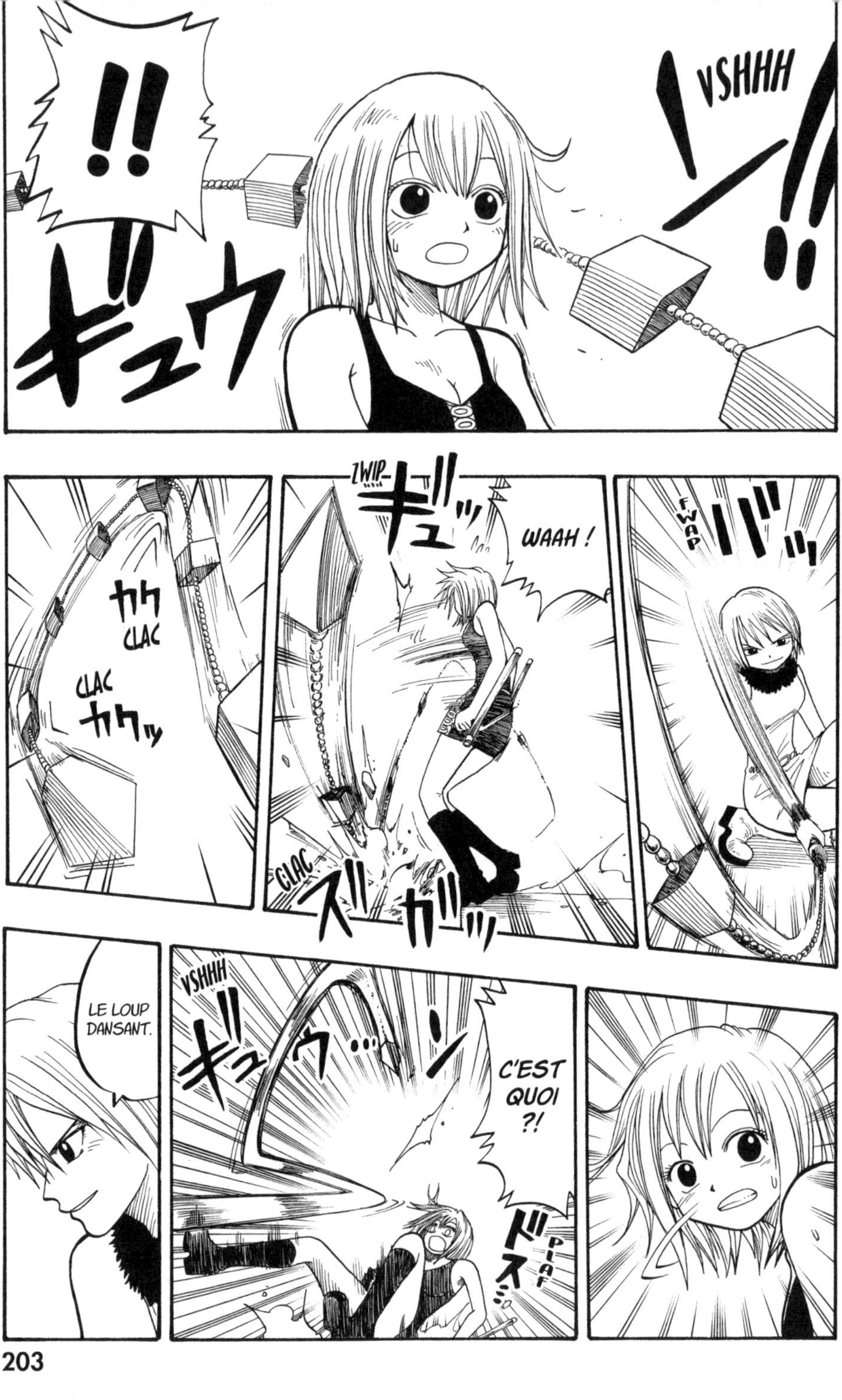
VSHHH
!!
ギュウ
FWAP
バッ
ZWIP
ギュッ
WAAH !
CLAC
ズガッ
カク
CLAC
CLAC
カクッ
C'EST QUOI ?!
VSHHH
ギュウ…ン
ドス
PLAF
LE LOUP DANSANT.

CLANG
ズガァ
HIII !
FWAP
ばっ!!
BROM
ボゴォ
BLAM
ドガ
BLAM
ドガ
BONG
ボゴッ
CIAC
ドガ
BLAM
ドカッ
AAAAAH!!
CHELOU, CETTE ARME...
WAAH !!
ひ
PLAF
ナニ
UNE FOIS QUE LE LOUP DANSANT A CHOISI SA PROIE, ELLE NE PEUT PLUS S'ÉCHAPPER...

FUIT
AÏE...
ELIE !! DERRIÈRE TOI !!
J'EN AI MARRE ...
BOUM
FICHE-MOI LA PAIX !!
RATATATATA
UNE EXPLOSION ?!
ALORS C'EST ÇA, LA FAMEUSE "EXPLOSION" ?!

SHHHHH
HEIN ?
SAUVÉE !
WOOOH !! TROP GÉNIAL !!
ROU ROU
OH NON !! JE N'ARRIVE PLUS À LE DIRIGER !!
CLIC
CLIC
POURQUOI IL FONCE DROIT SUR MOI ?!
ESPÈCE DE TRAÎ-TRE !!
SHWOOO
C'EST DANS LA POCHE !
HIII !!
PLAF

AU SECOURS !! AIDEZ-MOI !!
VSHH
VSHH
VSHH
JE SUIS UNE ACTRICE ! SI JE SUIS BLESSÉE AU VISAGE...
OUI, MAIS ON EST EN TRAIN DE DANSER. ET PAR VOTRE FAUTE, ENCORE.
JE CONFIRME.
POON
AH... AAH...
S'IL VOUS PLAÎT... SAUVEZ-MOI !!
SHWOOO
NOOOOOOON !!
TCHAC

CLIIIING
PLIC
GRIP
ぐっ
CRRR
ザザザ
VSHH
TING
CLANG
ガシャン
HMM...

♪ ?
LA MUSIQUE S'EST ARRÊTÉE.
HAA... HAA...
HAA... HAA...
OUF... TANT MIEUX...
HAA... HAA...
JE SUIS AU BOUT DE MA VIE...
HAA... HAA...
J'AVOUE...
J'AI SUPER MAL AUX REINS.
POURQUOI...
TU M'AS...
CLING
ジャラ
PARCE QUE JE SUIS UNE FILLE, MOI AUSSI.
JE COMPRENDS QUE TU VEUILLES PRENDRE SOIN DE TON VISAGE !

...
すく
FUIT
TAP てく
てく TAP
AVANT QU'ON REPRENNE LE COMBAT, TU VEUX BIEN FAIRE UN PETIT PARI AVEC MOI ?
SI JE GAGNE, TU ARRÊTES LA PLUIE. D'ACCORD ?
C'EST BIEN VOTRE FAUTE, NON ?
LA PLUIE, LES ÉCLAIRS... JE DÉTESTE TOUT ÇA, MOI...
ET L'HUMIDITÉ, C'EST PAS BON POUR LES CHEVEUX...
C'EST D'ACCORD.
J'AI PERDU.
JE NE PEUX PLUS ME BATTRE SANS MON ARME. TU ES TROP FORTE, RAVE MASTER.
LE RAVE MASTER, C'EST LUI.
MOI.
POUIC
QUOI ?!
AH BON... PARDON...
MAIS ÇA NE CHANGE RIEN, J'AI PERDU.

VOUS VOULEZ QUE J'ARRÊTE LA PLUIE ?
TU PEUX FAIRE ÇA ?!
JE VAIS DEMANDER À GO. IL SERA D'ACCORD SI ÇA VIENT DE MOI.
QUE RACONTEZ-VOUS, MLLE ROSA ?!
ET LE TOURNAGE, ALORS ?!
ÇA IRA.
D'AILLEURS, TU NE VOUDRAIS PAS TOURNER DANS NOTRE PROCHAIN FILM ? SI TU ES DEDANS, CE SERA SÛREMENT UN SUCCÈS.
HEIN ?
TU CROIS ?
GO... RÉ-VEILLE-TOI !
!
TECHNIQUE...
DES POINGS D'ACIER...

TEMPÊTE VIOLENTE !!
BLAM
AAH... ♡
AAAAH !!
WAAH, ATTENTION !!
HMM... JE M'ÉTAIS ENDORMI ?

TU VAS BIEN ? TIENS BON !!
POUR UNE ACTRICE...
LE VISAGE, C'EST SA VIE.
DOOOM
GWOOOH
AAAARGH !!
WOUAAAH !! ROSA, MA CHÉRIE !! C'EST TOI ?! C'EST TOI QUI LUI AS FAIT ÇA ?!
NON, C'EST TOI.
BRR
TU VAS LE PAYER...
APPORTEZ-MOI MA MASSUE.
GROOO
EUH... BIEN !!
ATTENDS !! ON A DÉJÀ TOUT RÉGLÉ !! TA PETITE AMIE VOULAIT TE DEMANDER D'ARRÊTER LA PLUIE !!

STOMP
ESPÈCE DE SALE AMATEUR... TON IMPRO LAISSE CLAIREMENT À DÉSIRER !
JE VAIS T'ÉCRASER !
大地*
BWISH

*N.D.T. : Terre

TCHAC
BON SANG...
RIEN À FAIRE...
CLAC
OUPS ?
LÈVE-TOI !
JE NE TIENS PAS DEBOUT...
MES JAMBES... C'EST PARCE QUE J'AI TROP DANSÉ ?
CLAC
CLAC

RAVE 24 ⊕ : LAST SCENE

GROOO
JE SERAI SANS PITIÉ.
...
TU N'AURAIS JAMAIS DÛ FAIRE ÇA À ROSA...
ATTENDS UN PEU ! JE SUIS PAS EN ÉTAT DE ME BATTRE...
MES JAMBES NE...
PARLE PLUS FORT, QUAND TU RÉCITES TON TEXTE. ET ARTICULE.
BWISH
HEIN ?
VSHHH
SINON...

TU NE DEVIENDRAS JAMAIS PROFES-SIONNEL !!
BAOOOM
WAAH !!
HARU !!
J'AI EU CHAUD ...
DZZT パチ...
DZZT パチ...
HMM ?
ビビビ... DZZZ
FLASH

ZAPF
WAAAAAAAAAAH!!
TK
ÇA Y EST !!
CET ÉCLAIR N'ÉTAIT PAS UN TRUCAGE...
...

GH... ÇA M'A ENGOURDI... AÏE...
C'EST UN DARK BRING ?
EXACT. VOICI MON DARK BRING, ANGRY BLITZ.
DOOOM
JE PEUX APPELER DES ÉCLAIRS DÉCHAÎNÉS.
POURQUOI IL EST TOUJOURS VIVANT, CE GAMIN ?
CE N'EST PAS N'IMPORTE QUI !!
NORMAL, C'EST LE RAVE MASTER.
PLAF
CLAC
CLAC
POON
BRR
BRR
?
CLAC
POOPOON
CLAC
BRR
CLAC
POON
POON
GRIP
TU ES VENU ME RÉCONFORTER ? MERCI BEAUCOUP !
ÇA VA MIEUX MAINTENANT !
BRR
POON
BRR

BELLE SCÈNE D'ACTION.
DEBOUT.
MES JAMBES ME FONT TROP MAL, JE PEUX PAS ME LEVER.
ALORS JE VAIS T'ÉCRASER AU SOL.
HAN !
BLAM
WAAH !!
TAP
TAP
HOURRA !!
JE SUIS GUÉRI !!
TING
DOOOM
?
OH !
LA FOUDRE L'A SOIGNÉ ?
C'EST LA THÉRAPIE PAR L'ÉLEC-TRICITÉ !!
EN TEMPS NORMAL... QUAND ON SE PREND UN ÉCLAIR, ON MEURT...

ÉTRANGE GARÇON.
HÉ !! CAMÉRA NUMÉRO DEUX !! TU AS BIEN TOUT FILMÉ ?!
BWISH
C'EST TOI LE PLUS ÉTRANGE.
CE COMBAT SERA LE POINT CULMINANT DE MON PROCHAIN FILM.
TU VAS MOURIR POUR LA BEAUTÉ DU CINÉMA !!
DOOOM
N'IMPORTE QUOI, ABRUTI !!
ON N'A PLUS BESOIN DE SE BATTRE !!
ARRÊTE LA PLUIE, POINT BARRE !!
PAS QUESTION !!
SHWOOO
!!

CLOOONG
URGH !!
BLAM
C'EST LOURD...
CRRR
DZZT
DZZT
CRR
QU...
BAOOOM
GH...

VSHHH
ブォー
VIVE LE CINÉMA !!
ギロ
FUIT
WAAH !
ドゴオーン
BAOOOM
!!
CLANG
カー
QUELLE PUIS-SANCE...
GWOOH !!
...
バタッ
PLAF
QUEL NAZE...
BRR
ピク
BRR
ピク...

ÇA SUFFIT !!
CE COMBAT EST INUTILE !!
INUTILE ? TU OSES DIRE QUE CETTE SCÈNE D'ACTION GRANDIOSE EST INUTILE ?!
ESPÈCE DE SALE CRITIQUE POURRI !!
JE NE SUIS PAS CRITIQUE...
GWOOOOH
TU VAS VOIR !!
ALORS QUOI ? DIS-MOI !
ACTEUR DE SÉRIE Z !!
BWISHH
TU DI-VAGUES ...
JE VAIS TE FAIRE COMPRENDRE PAR LA FORCE.
TCHAC
ÇA ME VA.
STOMP

DOOOM
ドーン

CLAAANG
GNNN !!
CRR
BLAM
!
M. GO A LE DESSUS !!

SI C'EST COMME ÇA...
!!
EXPLOSION !!
BAOOM
GNN ?!
YAAH !!
BAOOOM
GH...

ROLL ROLL
くるくる…
STAP
すたっ
!!
DASH
たーん
TECHNIQUE EXPLOSIVE...
BOMBE KAMIKAZE !!
BAOOOM
OURGH !!
GORF !!
SHRAAAK
ズザザザ
KI
キ

BAOOOM
TECHNIQUE FATALE, THUNDER DANKFEST !!
EXPLOSION
WAAAAH !!
LE SALE PLAN !
IL A ÉVITÉ LA TECHNIQUE FATALE DE M. GO !
C'EST QUI, CE GAMIN ?!
LE RAVE MASTER...
BWISH
TIC
DZZ
HIII !!
BOBOM
BOBOM
UN ÉCLAIR...

NOOOOOOOON !!
!!
VSHHH
LOVE BELIEVER
AAAH !! PLUUUE !!
SHWOOOO POOON
QU...
UN EXTRA-TERRES-TRE ?! ILS EXISTENT ?

CLIING
カッキィーン
JE NE LE LAISSERAI PAS FAIRE !!
CLING
パキィン
AAARGH ?!!
OUPS !
TAP TAP
すたたた…
BRR
ぴく
POOON
ぴく
BRR
LE DARK BRING EST CASSÉ !!
C'EST PAS VRAI ? SEULS LES RAVE SONT CENSÉS POUVOIR LE CASSER !!
ARRÊTEZ DE FILMER...
GROOO
うごごごご…

C'ÉTAIT PAS LE CLIMAX ?
DASH
!!
J'AI DIT QU'ON ARRÊTAIT LE FILM !!
COUPEZ !!
TECHNIQUE EXPLOSIVE...
BOMBARDEMENT DANSANT !!

BAOOOM
NOOOOO !!

RINGO
HL-47319
3.14
O... OOH...
JE...
PLAF
JE SUIS LE RÔLE PRINCIPAL ?
SI TU LE DIS.

RAVE 25 ✣ : UN DOUX RAYON DE SOLEIL

GROOO
ゴオオオオ…
M. GO S'EST FAIT RÉTAMER...
HIII !
JE LE CROIS PAS !
SHHH
ザー…
FUIT
チラ

LA PLUIE NE S'EST PAS ARRÊTÉE.
QU'EST-CE QUE ÇA SIGNIFIE ?
HIII !!
M. GO ! MLLE ROSA ! RÉVEILLEZ-VOUS !
LE RAVE MASTER SE FÂCHE !!
むくっ FUIT
!
GO !!
AAH... QUELLE HORREUR...
TIENS BON !! OUVRE LES YEUX !!
OH... ROSA...
TU AS TOUJOURS MAL À LA JOUE ?
OUI...

LA FAUTE À QUI ?!
BLAM
バコーン
NOOOOO !!
AAAAH !!
ROSA !! TU PIQUES UNE CRISE ?
COMMENT AS-TU OSÉ ABÎMER MON SI PRÉCIEUX VISAGE ?
JE NE TE PARDONNERAI JAMAIS...
TON VISAGE ? MOI ?! N'IMPORTE QUOI !!
GWOOOH
TAIS-TOI OU JE TE MORDS LES FESSES !!
HÉ HO...
SI VOUS ARRÊTIEZ PLUTÔT LA PLUIE ?
SHHH

FUIT
COMMENT ÇA ?
ALLEZ, ARRÊTE-MOI CETTE PLUIE !!
BONG
URGH !!
JE L'AI PROMIS À CES DEUX PETITS !!
JE M'Y SUIS ENGAGÉE !!
QUOI ?
BON...
CLONG
SI ROSA ME LE DEMANDE, JE N'AI PAS LE CHOIX.
...
?
C'EST UNE MACHINE QUI FAIT PLEUVOIR ?
DÉPÊCHE-TOI UN PEU !
TU AS OUBLIÉ COMMENT ÇA MARCHE ?

HMM... ON NE S'EN EST PLUS SERVIS DEPUIS CINQ ANS...
COMMENT ON VA FAIRE ?
C'EST DÉLICAT... UN SEUL BOUTON PERMET D'ARRÊTER LA MACHINE, TOUS LES AUTRES LA FONT EXPLOSER.
HEIIIIN ?
C'EST QUOI CETTE MACHINE DÉBILE ?
ÇA SERT À RIEN...
NE VOUS INQUIÉTEZ PAS, JE VAIS ME SOUVENIR.
JE SUIS UN RÉALISATEUR TENACE.
EN TOUT, IL Y A SIX BOUTONS. UN SEUL DÉSACTIVE LA MACHINE.
SI ELLE EXPLOSE, LA PLUIE CONTINUERA À TOMBER POUR L'ÉTERNITÉ.
POON
BIP
BRR
BRR
AAAH
NE TOUCHE À RIEN, L'EXTRA-TERRESTRE !!
POON
C'EST PAS UN EXTRA-TERRESTRE !! PLUE EST UN INS... UN CHIEN !
TU VOULAIS DIRE UN INSECTE, JE T'AI ENTENDUE...

MAIS AU FAIT... LA PLUIE !!
LA MACHINE N'A PAS EXPLOSÉ, IL A DONC APPUYÉ PAR CHANCE SUR LE BON BOUTON !
HOURRA !!
POON !!
BRR
ぴく
BRR
ぴく
!!
C'EST LE MOMENT D'Y ALLER, HARU...
OK...
IL RAGE DE S'ÊTRE FAIT VOLER LA VEDETTE PAR PLUE.
BON, ALORS SALUT !!
BYE-BYE !
TAP TAP
だだだっ
ATTENDEZ !!
BWISH

FRSH FRSH
ごそごそ
TAP TAP TAP TAP TAP
すたたたた!
HIII !
L'HOMME QUE TU RECHERCHES...
C'EST LUI ?
FLAP
ピラ
TROP STYLÉ...
J'AI PENSÉ À LUI EN ME DEMANDANT QUI POURRAIT ÊTRE PRESQUE AUSSI BEAU QUE MOI.
OUI, C'EST LUI.
JE M'EN DOUTAIS.
ALORS JE VOUS PRÉVIENS, NE VOUS APPROCHEZ PAS DE CET HOMME.

IL SAIT AUSSI MANIPULER LE FEU, L'EAU ET LA TERRE. IL EST CE QU'ON APPELLE...
LES POUVOIRS DE CET HOMME NE SE LIMITENT PAS SEULEMENT AUX ÉCLAIRS.
PERSONNE NE CONNAÎT SON NOM... PERSONNE NE SAIT OÙ IL EST... MAIS DE TERRIBLES RUMEURS COURENT À SON SUJET...
UN ELEMENT MASTER.
J'EN SAIS PAS PLUS. MAINTENANT, ALLEZ.
C'EST BIEN ASSEZ, MERCI BEAUCOUP !
AUCUNE IDÉE, MAIS ÇA A L'AIR TRÈS PUISSANT, NON ?
C'EST QUOI, UN ELEMENT MASTER ?
PFF...
AH BON...

JE NE VEUX PLUS JAMAIS TE REVOIR !!
BWISH
TAP
SOIS TRANQUILLE, MOI NON PLUS !
PFF...
TAP TAP TAP
HI HI !
BLA
BLA
BLA
FLASH

わあああああ!
WAAAH!

WAAA
AAAH
ああああ…
WAAH...
IL A ENFIN SOURI...
AH !!
HARU !!
OH !

EN QUELQUE SORTE...
HÉ HÉ !
TU AS BATTU LE GARS AUX ÉCLAIRS !!
INCROYABLE...
C'EST VRAI ! HARU S'EXERCE À L'ÉPÉE CHAQUE JOUR !
BIEN SÛR ! MAIS IL FAUDRA BEAUCOUP T'ENTRAÎNER !
TU CROIS QUE JE POURRAI DEVENIR COMME TOI ?
GÉNIAL !! T'ES SUPER FORT !!
OUI... JE TE REMERCIE !
VOUS POURREZ FAIRE SÉCHER VOTRE LINGE !
VOUS VOYEZ !!
CE SONT CES ENFANTS...
QUI ONT ARRÊTÉ LA PLUIE ?

IL FAIT BEAU !!
YOU-PIII !
LE CIEL EST BLEU...
MONSIEUR LE MAIRE !
C'EST UN PHÉNOMÈNE ÉTRANGE. IL SUFFIT QUE LE CIEL SOIT BLEU POUR QUE LE SOLEIL EMPLISSE LE CŒUR DES GENS.
C'EST VRAI... ET C'EST GRÂCE À CES DEUX ENFANTS !
CES PETITS SONT COMME UN RAYON DE SOLEIL.
OUI...
QUOI QU'IL EN SOIT...

IL FAIT TRÈS BEAU.
REGARDEZ !! UN ARC-EN-CIEL !! C'EST JOLI !
OOH !!

わー
WAAAH
わー
WAAAH
わー
WAAAH
ROSA... JE VAIS LAISSER CE VILLAGE TRANQUILLE, À PRÉSENT.
C'EST MOI QUI AI CAUSÉ TOUT CE DÉSORDRE.
...
OUI.
JE ME SUIS RENDU COMPTE DE MON ERREUR.
IL M'A DONNÉ UNE BONNE LEÇON.

IL EST SYMPA, CE GO. IL M'A DONNÉ LA PHOTO !
OUAIS...
LE MAL VIENT DES DARK BRING.
C'EST QUAND ILS EN POSSÈDENT QUE LES GENS DEVIENNENT MAUVAIS.
JE VOIS...
DIS, ELIE !!

IL EST COMME ÇA DEPUIS TOUT À L'HEURE, QU'EST-CE QUI LUI ARRIVE ?
プピー
POOPI
IL S'EST ENDORMI.
プピー
POOPI
プピー
POOPI
IL EST MIGNON !
C'EST PEUT-ÊTRE À CAUSE DU SOLEIL ?
IL EST COMME UN TOUT PETIT ENFANT !
C'EST VRAI ! HA HA HA HA !
HA HA HA HA !!

VROOOM
JE NE PENSAIS PAS QU'ON LE RETROUVERAIT SI VITE !
OUI, C'EST FOU !!
LÀ OÙ S'EST ÉCRASÉ LE MÉTÉORE IL Y A CINQUANTE ANS ?
C'EST LA MONTAGNE DU NORD, TREMOLO MOUNTAIN.
STOMP
JE ME SOUVIENS AVOIR VU UNE ÉTOILE TOMBER LÀ-BAS.
DOOOOM
VROOM
J'ACCÉLÈRE !! CRAMPONNE-TOI, ELIE !!
ZWIP
BIEN REÇU !!
RAVE

VE
RAVE 26 : VIVA LABYRINTH!
43

RA

ドドドドドドド…
VROOOM
REVOILÀ GRIFF.
ガタガタガタ
ROLL ROLL ROLL
M. HARUUU !!
QU'AS-TU VU DE BEAU, DANS LE NORD ?
ズギャギャギャ
SHRAAAK

EH BIEN, IL EXISTE DEPUIS TRÈS LONGTEMPS À TREMOLO MOUNTAIN UNE GROTTE APPELÉE AKUMU HOLE.
ET À CE QU'ON DIT, L'ÉTOILE... ENFIN, LE RAVE SE TROUVERAIT TOUT AU FOND DE CETTE CAVERNE...
OUAIS !! TROP COOL !!
NE VOUS RÉJOUISSEZ PAS TROP VITE, M. HARU.
À VRAI DIRE, UN BATAILLON DE DEMON CARD EST D'ORES ET DÉJÀ SUR PLACE ET A ENTREPRIS DES TRAVAUX D'EXCAVATION.
Tremolo Mountain
VRAAA
BRRRM
VRAAA
BRRRM
TREMOLO MOUNTAIN
UN PEU PLUS À DROITE.
NOUS CREUSONS À DEUX CENT QUATORZE MÈTRES DE VOTRE POSITION ACTUELLE.
ガコン
CLONG
ガコン
CLONG
BIEN REÇU.
NOUS ALLONS MANQUER DE VRILLE !! PRÉVENEZ LA BASE DE TOUTE URGENCE !!
ドドドド...
BRRRM

Tremolo Mountain : Akumu Hole,
"la caverne des cauchemars"

DOOOM
TREMOLO MOUNTAIN
AKUMU HOLE

DOOOM
VOUS N'AVEZ TOUJOURS PAS TROUVÉ LE RAVE ?

VEUILLEZ NOUS EXCUSER, MAÎTRE SHUDA !!
L'AKUMU HOLE EST PLUS VASTE QUE PRÉVU, CE QUI RETARDE LES RE-CHERCHES.
BON, BON...
ALERTE ! LE RAVE MASTER SE DIRIGE PAR ICI !
HAA...
HAA...
TAP TAP
J'AI PRIS DES MESURES CONTRE LUI.
J'AI ENGAGÉ UN ASSASSIN POUR S'OCCUPER DU RAVE MASTER.
ÇA VA NOUS FAIRE GAGNER DU TEMPS.
GROOO
FWAP
ET S'IL SE FAIT TUER DE CETTE FAÇON, ÇA VOUDRA DIRE QUE FINALEMENT IL NE VALAIT PAS LE COUP.
MAÎTRE SHUDA, OÙ ALLEZ-VOUS ?
À L'INTÉ-RIEUR.
TAP
JE T'ATTENDS... HARU...

すくっ
FUIT
ON FAIT QUOI, ALORS ?
WAAH, LE MONDE... ON N'A PAS INTÉRÊT À TENTER UN FORCING...
?
POON
POON
POUIIIC
プルルルル...
PLUE, OÙ VAS-TU ?
POON
AAH ! MAÎTRE PLUE !!
プルルルルル...
POUIIIC
すたたた...
TAP TAP TAP
むくっ
FUIT
IL Y A QUELQU'UN ?

ドドーーん
DOOOM
UN OURS ?
びくっ
GLOUPS
POON
BRR
ぴく
BRR
ぴく
KIII
じろ

QUI ÊTES-VOUS ?
ぐもぉん
GWOOOH
IL PARLE !!
POURQUOI VOUS ÉLOIGNER À CE POINT ?
ささっ
TAP TAP
プルルルルル
POUIIIC
JE SENS LE POISSON, C'EST ÇA ?
C'EST PAS LE PROBLÈME !!
TU CROIS QU'IL DONNE LA PATTE ?
JE SUIS UN OURS.
TU VIS DANS CETTE MONTAGNE ?
OUI, DEPUIS CINQUANTE ANS.
QU'ÊTES-VOUS VENUS FAIRE ICI ?

ON CHERCHE UN TRUC...
QUI SE TROUVE AU FOND DE CETTE GROTTE.
COMME VOUS POUVEZ LE VOIR, L'ENDROIT EST OCCUPÉ PAR CES ÉTRANGES INDIVIDUS, ET JE DOUTE QU'ILS VOUS LAISSENT ENTRER...
JE SAIS, MAIS JE DOIS ABSOLUMENT Y ALLER.
JE NE LES LAISSERAI PAS METTRE LA MAIN DESSUS !!
TU AS VRAIMENT L'INTENTION D'ENTRER DANS L'AKUMU HOLE ?
OUI !
JE TE LE DÉCONSEILLE... CETTE CAVERNE EST VASTE. DE PLUS, LES CHEMINS SONT TORTUEUX ET ENCHEVÊTRÉS COMME UN LABYRINTHE.
TU N'ES PAS SÛR D'EN RESSORTIR VIVANT.
ON EN SERA BIEN CAPABLES... NON ?
SI, SI !
NE PRENDS PAS ÇA À LA LÉGÈRE, GARÇON. C'EST LA MORT QUI T'ATTEND À L'INTÉRIEUR.
SI TU NE PARVIENS PAS À REMONTER À LA SURFACE, TU MOURRAS.
JE NE PEUX PAS MOURIR ICI.
J'AI FAIT UNE PROMESSE.

J'AI DIT À MA GRANDE SŒUR...
"JE REVIENDRAI, JE TE LE JURE !"

OH...
C'EST DONC LUI, LE RAVE MASTER ?

ビクッ
GLOUPS
UN OURS !! LÀ-BAS, UN OURS !!
ガチャ
TCHAC
ILS NOUS ONT REPÉRÉS !! PAS LE CHOIX...
JE VAIS ME LES FAIRE...
HÉ !! QU'EST-CE QUE TU FABRIQUES ?!
TAP
たーん
RÉFLÉCHIS UN PEU !! MIEUX VAUT FUIR POUR LE MOMENT, ON N'A AUCUNE CHANCE DE GAGNER...
N'IMPORTE QUOI !! ILS NE SONT QUE CENT...
DOOOM
ドドドドド
TROIS CENTS AU MOINS.
...
FRRSH FRRSH
IL VA GÊNER NOS RECHERCHES !! ÉLIMINEZ CET OURS !!
À VOS ORDRES !!
DASH
ダッ
VOILÀ À QUOI ÇA SERT DE RÉFLÉCHIR. ILS N'ONT LANCÉ QUE TROIS HOMMES À NOTRE POURSUITE... ON VA POUVOIR EN VENIR À BOUT LOIN DU BATAILLON PRINCIPAL.
AH D'AC-CORD...
TROIS HOM-MES ?

J'AI UNE IDÉE !!
HARU... RÈGLE-LEUR LEUR COMPTE !!
?
EUH... OK !
HUM, ON EST ASSEZ LOIN, ÇA DEVRAIT ALLER.
バサ
FLAP
バサ
FLAP
バサ
FLAP
バサ
FLAP
ぴよーん
DOOOM
MAIS OUI !! QUELLE BONNE IDÉE, MLLE ELIE ! VOTRE TÊTE EST AUSSI BIEN FAITE QUE VOTRE CORPS !!
ササササザー
TAP
TAP

TADAM !!
OOH... ÇA COLLE IMPEC, ELIE !!
ON VA POUVOIR S'INTRODUIRE À L'INTÉRIEUR SANS PROBLÈME !
MAIS PAS TOI...
CRRR
BON !! ON Y VA !!
PLUE ET GRIFF, VOUS VENEZ AVEC NOUS !!
L'OURS, TU RESTES ICI.
TU VAS NOUS FAIRE REMARQUER.
POON
...

すた TAP
すた TAP
VOUS REVOILÀ... ALORS, CET OURS ? JE N'AI PAS ENTENDU DE COUPS DE FEU...
BAH... QU'EST-IL ARRIVÉ AU TROISIÈME ?
!!
VOUS N'ÊTES PAS CEUX QUE J'AI ENVOYÉS TUER L'OURS !!
ビクッ GLOUPS
ZUT... DÉJÀ REPÉRÉS...
DE QUEL BATAILLON ÊTES-VOUS ? QUE VENEZ-VOUS FAIRE ICI ?
L'ORDRE A ÉTÉ DONNÉ DE NE PAS QUITTER SON POSTE.
FIOUH
OUF...
EN FAIT, ON VIENT... NOUS VENONS POUR UNE LIVRAISON...
UNE LIVRAISON ? JE N'AI RIEN À FAIRE LIVRER.
MINCE...

AH, DANS CE SENS-LÀ... D'ACCORD, VOUS POUVEZ PASSER !
BON TRAVAIL.
MERCI ! ♡
HI HI !
CE MEC EST DÉBILE, AUSSI.
ON VOUS APPORTE VOS REPAS !
L'ANDOUILLE ! IL VA SE DOUTER DE QUELQUE CHOSE, SI ELLE LUI PARLE COMME ÇA !
BRR
BRR
UNE FILLE ?
ALLEZ ! C'EST LE MOMENT !
OK...
?
CLIC
ZOOM
BIIIP

ON VA EXPLORER UNE GROTTE ! C'EST GÉNIAL !
TU TROU-VES ?
PFF...
カチャ CLAC
LES VOILÀ...

RAVE 27 ✠ : UN PIÈGE FURTIF

Tremolo Mountain : Akumu Hole
AKUMU HOLE
ÇA Y EST ! INFILTRATION RÉUSSIE !!
NE RELÂCHE PAS TON ATTENTION. IL N'Y A QUE DES DEMON CARD, ICI.

MAIS NON, TOUT VA BIEN ! AVEC CETTE TENUE, ON NE RISQUE RIEN !
OUAIS... POUR LE MOMENT...
EN TOUT CAS...
ゴオオオオ…
GROOO
VRRR
ズガガガ
ドドド…
DOOOM
C'EST SUPER GRAND, ICI.
EN EFFET !!
ON VA PROGRESSER LE PLUS POSSIBLE VERS LE FOND.
D'ACCORD, CAPITAINE !!
POURQUOI, CAPITAINE ?
DEMON

COMMENT ? LE RAVE MASTER A RÉUSSI À PÉNÉTRER DANS L'AKUMU HOLE ?
QU'EST-CE QU'ILS GLANDENT, LES GARDES DE L'ENTRÉE ?!
AUCUNE IMPORTANCE.
JUSQU'ICI, TOUT SE DÉROULE COMME JE L'AVAIS PRÉVU.
TOUT VA SE JOUER MAINTENANT.

SURVIVRA-T-IL À TOUS LES PIÈGES QUE NOUS AVONS MIS AU POINT...
ET À L'ASSASSIN QUE J'AI ENGAGÉ ?
GROOO
SI JAMAIS IL S'EN SORT ET PARVIENT À ARRIVER JUSQU'À MOI...
À CE MOMENT-LÀ...
JE ME CHARGERAI DE L'ACHEVER.
UN PROBLÈME, MAÎTRE SHUDA ?
TAP !
NON, RIEN. DÉPÊCHONS-NOUS DE TROUVER LE RAVE.
MONTRE-MOI D'ABORD COMMENT TU VAS VENIR À BOUT DE L'ASSASSIN...
HARU GLORY !

ドーン
DOOOM
DEMON C
FUIT
チラッ

BAM
BAM
BAM
FRSH
BIIIP
BIIIP
smell
temperature
open
IL RESTE DE LÉGÈRES TOUCHES DE PARFUM DANS L'AIR.
TAP
TAP
ÇA DOIT ÊTRE ELLE.
JE LES TROUVERAI SÛREMENT EN SUIVANT CES EFFLUVES...

HÉ HÉ...
HÉ HÉ HÉ...
...
POURQUOI IL RIGOLE, CELUI-LÀ ?
FAIS PAS ATTENTION.
HA HA HA HA HA !
IL FAIT PLUS FROID, PAR ICI.
OUI...
TU PENSES QU'ON EST ALLÉS TROP LOIN ?
IL N'Y A PLUS ÂME QUI VIVE, TOUT D'UN COUP...

ON DEVRAIT POUVOIR FAIRE SORTIR PLUE ET GRIFF.
OUI !
GRIFF
PLUE
JE SUIS DÉSOLÉE, C'ÉTAIT UN PEU ÉTRIQUÉ.
POON
BRR
BRR
L'ODEUR DE VOS VÊTEMENTS ÉTAIT TRÈS AGRÉABLE.
C'EST À PARTIR DE LÀ QUE ÇA SE CORSE.
IL FAUT À TOUT PRIX RETROUVER LE RAVE AVANT LES DEMON CARD.
OUAAAAIS !!
POON
ON VA DEVOIR CHERCHER À L'AVEU-GLETTE.
MAIS AVEC NOUS, ON A PLUE, LE PORTEUR DE RAVE.
JE COMPTE SUR TOI.

プピーン
POOPI
JE RÊVE !!
ドサッ
PLAF
ELIE !!
POURQUOI C'EST TOUJOURS PAREIL, AVEC TOI ?
FLAH
フラ…
フラ…
FLAH

くー ZZZ
くー ZZZ
ELLE DORT...
FLOP
ふわ〜
ET GRIFF AUSSI...
ぐみーん ZZZ
ぐみーん ZZZ
TIENS, TU DORS EN FLOTTANT, TOI ?
OUI. ET JE PEUX ÉGALEMENT PARLER.
QUOI ?!
CELA N'A RIEN D'ÉTONNANT. JE SUIS TRÈS FATIGUÉ, VOUS SAVEZ.
ZZZ ぐみーん
ZZZ ぐみーん
BREF, POURQUOI TOUT LE MONDE S'EST ENDORMI ?
SANS DOUTE PARCE QUE... AH... J'AI TROP SOMMEIL... BONNE NUIT !
NON MAIS...
FUIT チラ
!

DES FLEURS ?!
ドーーン
DOOOM
COMMENT DES FLEURS PEUVENT POUSSER DANS UN ENDROIT PAREIL ?
つか TAP
つか TAP
DU POLLEN ?! MAIS ALORS...
C'EST À CAUSE DE ÇA !!
ドゴァーン
BLAAAM
!!

FSHHH
LA GROSSE GAFFE !!
J'AI DISPERSÉ LE POLLEN DANS L'AIR À CAUSE DE L'EXPLOSION...
ARGH... J'AI SOMMEIL, MOI AUSSI...
JE NE DOIS PAS DORMIR...
SINON LES AUTRES VONT...
HEIN ?
C'EST UN POLLEN SOPORIFIQUE...
FLOP
COMME SON NOM L'INDIQUE, IL DONNE ENVIE DE DORMIR QUAND ON EN RESPIRE UNE GRANDE QUANTITÉ.
IL Y A QUELQU'UN ?
GLOU
コポ
GLOU
コポ
トロ...
PLOC

FLAH
ふら
ÇA SENT L'ESSENCE...
FUIT
ポイ
AH, J'EN PEUX PLUS.
BONNE NUIT !
ゴオオオ
VROUUUF
PLAF
パタッ
HMM ?

パチ
TING
ガバ
VLAF
キョロ
FUIT
JE SUIS OÙ ?
COUCOU !!
POON
LES AMIS !!
QUE NOUS EST-IL ARRIVÉ ?
ON S'EST TOUS ENDORMIS ET ON A ÉTÉ SAUVÉS PAR CE MONSIEUR.
EN FAIT, CE POLLEN ÉTAIT DU POISON. ON L'A ÉCHAPPÉ BELLE !
JE N'AI RIEN FAIT D'EXCEP-TIONNEL. C'ÉTAIT NORMAL DE VOUS AIDER.
?

JE M'APPELLE SCHNEIDER. JE SUIS MÉDECIN À EXPERIMENT.
J'AI FAIT DISPARAÎTRE LE POLLEN SOPORIFIQUE. VOUS POUVEZ RESPIRER SANS CRAINTE.
NOM : DR SCHNEIDER
MERCI !
PAS DE QUOI. MAIS IL SERAIT PLUS PRUDENT QUE JE VOUS VACCINE.
CE SÉRUM EST INEFFICACE TANT QUE LE PATIENT EST ENCORE ENDORMI.
TENDEZ-MOI VOTRE BRAS.
UNE PIQÛRE ?
JE SUIS MALADE ?
NON, PARDON... JE VAIS T'EXPLIQUER...
CE POLLEN SOPORIFIQUE N'EST PAS NATUREL, IL CONTIENT DES SUBSTANCES TOXIQUES.
SANS LE VACCIN, VOTRE CORPS VA ENFLER ET IL FINIRA PAR EXPLOSER.

GLOUPS
SÉRIEUX ?
J'AI COMPRIS ! HARU... TU AS PEUR DES PIQÛRES, C'EST ÇA ?
DIS PAS DE BÊTISES !!
NE T'INQUIÈTE PAS, ÇA IRA VITE.
ÇA FAIT SUPER MAL...
C'EST SA PREMIÈRE FOIS...
DITES...
JE ME DEMANDAIS... QUE FAITES-VOUS ICI, SI VOUS ÊTES MÉDECIN ?
J'ÉLABORE UN NOUVEAU SÉRUM ET POUR CELA, IL ME FAUT DES ÉCHANTILLONS DE POLLEN SOPORIFIQUE.
MAIS CE POLLEN M'A L'AIR D'ÊTRE FAUX.
FUIT
FAUX ?
COMME JE VOUS L'AI DIT, LE POLLEN NATUREL N'EST PAS EMPOISONNÉ.
HMM... RIEN PIGÉ...

DONC CE POLLEN SOPORIFIQUE EST SANS DOUTE ARTIFICIEL !!
CES ORDURES DE DEMON CARD ONT DÛ LE FABRIQUER DANS L'IDÉE DE TUER QUELQU'UN.
GRRR
DEMON CARD ?!
OUI... ILS COMMETTENT DES CHOSES TERRIBLES...
VOUS IMAGINEZ COMBIEN DE VIES ILS ONT DÛ SACRIFIER POUR FABRIQUER CE FAUX POLLEN SOPORIFIQUE...
AH !!
EUH... EN FAIT, ON N'EST PAS...
JE SAIS ! VOUS N'ÊTES PAS DES SOLDATS DE DEMON CARD.
VOUS POUVEZ M'EXPLIQUER...
CE QUI VOUS AMÈNE ?
LA SEULE ISSUE A ÉTÉ CONDAMNÉE PAR DEMON CARD. ÇA FAIT TROIS JOURS QUE JE TOURNE SANS FIN DANS CETTE CAVERNE.
JE COMMENCE À BIEN CONNAÎTRE LES LIEUX.

C'EST VRAI ?!
VOUS SAURIEZ ALLER VERS LE FOND DE LA GROTTE, POUR QUE LES DEMON CARD NE NOUS RETROUVENT PAS ?
BIEN SÛR.
C'EST LE DESTIN QUI NOUS A FAIT NOUS RENCONTRER. JE VAIS VOUS SERVIR DE GUIDE.
DOOOM
SUPER, MERCI !!
ALLONS-Y !
GRIP

ピー BIP
ピー BIP
ピー BIP
MAÎTRE SHUDA, JE VIENS DE RECEVOIR UN MESSAGE.
L'ASSASSIN A RETROUVÉ HARU.
TRÈS BIEN.
DOOOM
LE JEU VA POUVOIR COMMENCER.

RAVE 28 ✚ : CAMELEON PANIC?!

MAÎTRE SHUDA... L'ASSASSIN EST ENTRÉ EN CONTACT AVEC LE RAVE MASTER.
TRÈS BIEN.
DOOOM
LE JEU VA POUVOIR COMMENCER.
DOOOM

DOOOM
HÉ, SCHNEIDER, ON N'EST PAS DÉJÀ PASSÉS PAR LÀ, TOUT À L'HEURE ?
C'EST VRAI...
...
HMM...
C'EST BIZARRE ...

JE CROIS QUE NOUS SOMMES PERDUS.
GWOOOOH
ぐもっ
MAIS T'ES NUL !!
HUM... JE PENSAIS POURTANT ME SOUVENIR DU TRAJET...
JE TE DEMANDE PAS DE L'À-PEU-PRÈS...
BON, JE VOUS LAISSE LE CHOIX DE L'ITINÉRAIRE.
QUOI ? T'ÉTAIS PAS CENSÉ NOUS GUIDER ?
HA HA HA HA HA... DÉSOLÉ, J'AI OUBLIÉ D'OÙ JE VIENS...
...
BON, ON N'A PAS LE CHOIX.
ON A TROIS CHEMINS DEVANT NOUS...

DIS, HARU... C'EST L'OCCASION POUR PLUE DE S'ILLUSTRER, NON ?
AH !! BONNE IDÉE !!
?
PLUE ! CHOISIS LA MEILLEURE ROUTE PARMI LES TROIS !
POON
EUH... VOUS ÊTES SÛRS DE POUVOIR FAIRE CONFIANCE À CETTE TORTUE ?
OUI, OUI ! PAS DE PROBLÈME !
C'EST UN CHIEN, VOUS SAVEZ...
UNE TORTUE ?!
POON
OK !! C'EST PAR LÀ !! ON Y VA !!
OUAIS !!

HAA...
HAA...
HAA...
HAA...
ÇA FAIT DES HEURES QU'ON MARCHE...
FLOP
ヘロ
JE SUIS ÉPUISÉE...
ON DEVRAIT SE REPOSER UN PEU.
OUI... PLUE DORT DÉJÀ COMME UNE MASSE...
MOI AUSSI, MLLE ELIE.
FUIP
コク
すーすー
ZZZ
ZZZ
ELIE S'EST ENDORMIE.
QU'ELLE EST MIGNONNE.

FOUAAAAH !!
MOI AUSSI, J'AI SOMMEIL... C'EST PAS ENCORE CE POLLEN, J'ESPÈRE ?
NON, IL N'Y A PAS DE POLLEN SOPORIFIQUE PAR ICI. C'EST SANS DOUTE DE LA FATIGUE ACCUMULÉE.
FSHHH
AH BON...
ON A ASSEZ MARCHÉ POUR AUJOURD'HUI, REPOSONS-NOUS.
MOI AUSSI J'AI ENVIE DE DORMIR, INUTILE DE LUTTER.
DORS BIEN.
PLAF
FUIT
GROOO
C'EST ÇA, DORMEZ BIEN.

sss
す ,,,

TAP
ÇA NE DEVRAIT PLUS TARDER...
SHH
SHH
GROOo
ZZZ
ZZZ
DNB

DOOOM
CRÈVE !!
!!
ON NE BOUGE PLUS.
SSS
TING

ES-PÈCE DE...
CLIC
パチ
TING
パチ
SPLASH
バシャ!!
...
GNNN
ぐいぐいぐっ!!
LÂCHE-MOI !!
HÉ !! TU M'EN-TENDS ?!
!!
HMM ?
QU'EST-CE QUE...
?
AH !!

DOOOM
!!

GNN
GROOO
?!
QU'EST-CE QUE ÇA VEUT DIRE ?!

COMME TU PEUX LE VOIR, CE TYPE EST UN ASSASSIN QUI CHERCHE À VOUS TUER.
TCHAC
!
OUI... ET TOUT SE PASSAIT BIEN DEPUIS LA PRISE DE CONTACT
AVANT QUE TU T'EN MÊLES.
FWAP
TAP
TAP

HÉ HÉ HÉ...
C'EST PAS VRAI... HEIN, SCHNEIDER ?!
T'AS PAS ENCORE COMPRIS, IMBÉCILE ?
CE GARS EST UN ASSASSIN CÉLÈBRE DANS LE MILIEU, LE DR SCHNEIDER.
IL TRAVAILLE UNIQUEMENT POUR L'ARGENT ET NE RECULE DEVANT RIEN.
HÉ HÉ HÉ...

OH... ALORS TU VIENS DU MÊME MILIEU QUE MOI ? C'EST PAS COURANT, POUR UN SIMPLE SOLDAT...
GROOO
MAIS SI TU M'EMPÊCHES DE FAIRE MON TRAVAIL, JE SERAI OBLIGÉ DE T'ÉLIMINER.
J'AIME-RAIS BIEN VOIR ÇA.
BAM
BAM
BAM
ZUT !!
GNN
!!
JE PEUX PLUS BOUGER !! MON CORPS EST ENTIÈREMENT PARALYSÉ !!
MOI AUSSI !! MAIS POUR-QUOI ?!

MON VACCIN ÉTAIT EN FAIT UN POLLEN SOPORIFIQUE À RETARDEMENT.
QUELQUES HEURES APRÈS L'INJECTION, IL FAIT DORMIR. ET QUAND ON SE RÉVEILLE, ON SE RETROUVE PARALYSÉ.
ON S'EN FOUT, FERME-LA !!
CLANG
MAIS POURQUOI ?! TU NOUS AS SAUVÉS TOUT À L'HEURE, POURTANT !
PAS VRAIMENT.
BWISH
CELUI QUI M'A ENGAGÉ M'AVAIT DEMANDÉ DE VOUS OBSERVER.
DASH
ET JE DEVAIS LUI OBÉIR POUR TOUCHER LA RÉCOMPENSE !!
C'EST AUSSI SIMPLE QUE ÇA !
LE FRIC, COMME TOUJOURS... BON, JE VAIS TE RÉGLER TON COMPTE !!
TAP
NE ME FAIS PAS RIRE !!
GROOO
TOI, UN VULGAIRE SOLDAT ?!

!!
SLASH
QUOI ?!

ゴゴゴゴ
GROOO
AH… JE VOIS… JE CONNAIS…
TA VÉRITABLE IDENTITÉ…
TU ES À LA HAUTEUR DE TA RÉPUTATION…
TU T'ES BIEN DÉFENDU…
TU ES VRAIMENT DE DEMON CARD, TOI ?!
IDIOT ! VOUS AUSSI, VOUS VOUS ÊTES DÉGUISÉS POUR ENTRER, NON ?
GRIP
VSHH
VOUS ÊTES VRAIMENT PAS SYMPAS.
VOUS M'AVEZ DÉJÀ OUBLIÉ ?
CRRR
URGH !!
ET MES TECHNIQUES D'ARGENT AUSSI ?
PAS POSSIBLE !
ÇA FAIT UN BAIL, HEIN ?

FWAP
HARU !

POON
プー！
MUSICA !!
!!

RAVE 29 ✠ : SÉSAME, OUVRE-TOI ?!

GROOO
MUSICA !!
AAAH !! COM-MENT ÇA VA ?
TU T'ES COUPÉ LES CHEVEUX ? COOL ! TU ES PLUS BEAU COMME ÇA !!

MERCI DE NOUS AVOIR SAUVÉS.
PFF...
DIRE QUE TU AS FAILLI TE FAIRE AVOIR PAR UN TYPE COMME LUI...
GRR...
NON MAIS VRAIMENT... C'EST MINABLE...
MUSICA, LE CHEF DE LA GRANDE BANDE DE VOLEURS SILVER RHYTHM...
TON NOM EST CONNU, DANS LE MILIEU. QUE FAIS-TU ICI ?
OUI, AU FAIT ! T'ÉTAIS PAS PARTI À LA RECHERCHE DE QUELQUE CHOSE ?
EN FAIT, MON POTE HEBI AVAIT INTERCEPTÉ UNE FAUSSE INFORMATION.
POUR LE MOMENT, ON STAGNE.
ALORS POUR PASSER LE TEMPS, J'AI DÉCIDÉ DE VOLER LE TRÉSOR DE L'AKUMU HOLE.

TU VAS NOUS AIDER ?
LE TRÉSOR ? TU VEUX PARLER DU RAVE ?
VOUS AIDER ?
AH NON, JE PEUX PAS.
?
JE SUIS UN VOLEUR. JE NE LAISSERAI PERSONNE S'APPROPRIER LE TRÉSOR QUE JE CONVOITE.
MÊME S'IL SE RÉVÈLE ÊTRE UN RAVE.
HÉ, MUSICA ! TU SAIS BIEN À QUEL POINT LES RAVE SONT IMPORTANTS POUR MOI !
ON PEUT S'ENTRAIDER...
HA...
DOOOM
ÇA ME FERAIT MAL !

T'ES TOUJOURS PAREIL. TU FAIS TOUT DE SUITE CONFIANCE AUX GENS.
ET C'EST UN GAMIN NAÏF COMME TOI QUI EST CENSÉ SAUVER LE MONDE ?
LAISSE-MOI RIRE.
!!
COMMENT ÇA ?
BRR
BRR
HÉ, SCHNEIDER !! DONNE-NOUS L'ANTIDOTE POUR LA PARALYSIE !!
GNNN

IL ME SEMBLE QU'IL S'EST ENFUI.
POUIC
DE QUOOOOI ?!
PFF... C'EST UN PETIT DÉBROUIL-LARD...
OUI, C'EST BON.
GRIP
FLAH
AH... ÇA Y EST ! ON PEUT BOUGER !
JE SUIS ENCORE UN PEU ENGOUR-DIE, MAIS ÇA VA.

IL FAUT VITE LE RATTRAPER !!
SINON IL REVIENDRA NOUS ATTAQUER !!
C'EST PAS MON PROBLÈME.
LE SOUCI, C'EST PLUTÔT LE PETIT NIAIS, LÀ.
TAIS-TOI...
C'EST MOI QUI VAIS M'EMPARER DU RAVE.
TU POURRAS TOUJOURS ME LE REPRENDRE DE FORCE. ENFIN... SI TU EN ES CAPABLE...
GRIP

SI J'EN SUIS CAPABLE ?
HÉ... ARRÊTEZ, VOUS DEUX !!
CE N'EST PAS LE MOMENT !!
PENDANT QUE VOUS PERDEZ DU TEMPS, LES DEMON CARD SE RAPPROCHENT DE PLUS EN PLUS DU RAVE !
VOUS ÉCOUTEZ ?! EN PLUS, L'ASSASSIN PEUT REVENIR NOUS ATTAQUER À TOUT MOMENT !!
GROOO
TU TE SOUVIENS, JE TE L'AVAIS DIT.
JE VOULAIS T'AFFRONTER EN DUEL AU MOINS UNE FOIS.
NIARK
AH, OK...
MOI AUSSI.

ON SE DONNE À FOND.
EISENMETEOR
CLING
J'ESPÈRE BIEN. SI TU TE RELÂCHES UNE SECONDE, JE TE DÉMOLIS.
CLING
NON !! ARRÊTEZ !! POURQUOI VOUS VOULEZ VOUS BATTRE ?!
ON N'A PAS BESOIN DE ÇA !!
C'EST PARTI !!
DASH

IDIOOOOTS!!
GWAAH!!
BLAM
BLAM

À QUOI TU JOUES, TOI ?!
ELIE !!
HA HA HA HA HA !!
J'AI GA-GNÉ !!
HEIN ?
JE VOUS AI BATTUS, ALORS VOUS ÊTES MES VASSAUX !
PAR-DOOON ?!
À PARTIR D'AUJOUR-D'HUI, C'EST MOI LA CAPITAINE !!
YOUPI !!
...
FUIT
JE SUIS À VOS ORDRES, MA REINE... MA CAPI-TAINE...

ALLEZ !! SUIVEZ-MOI EN VITESSE !!
PROTÉGEZ VOTRE CAPITAINE !!
OUI ! JE VOUS ACCOMPAGNERAI MÊME DANS VOTRE BAIN !
HÉ HÉ
HA HA HA... ELLE A PAS CHANGÉ, ELLE NON PLUS...
ELLE TE FATIGUE PAS, HARU ?
HA HA... NON, MOI JE M'AMUSE BIEN AVEC ELLE !
AH OUAIS ?
BON, ALORS, PAR CONSIDÉRATION POUR ELIE, ON FAIT LA TRÊVE POUR LE MOMENT.
BON...
ガチャ
TCHAC
D'AC-CORD.

PUISQUE VOUS ÊTES DES BRAS CASSÉS...
ET COMME ON A CESSÉ LES HOSTILITÉS, JE VAIS VOUS AIDER.
MUSICA !!
ON DOIT LE TROUVER AVANT DEMON CARD.
GRIP
OUAIS.
LE RAVE SERA À NOUS !!

キョロ
FUIT
キョロッ
FUIT
AH...
QUOI, ELIE... EUH... CAPITAINE ?
キョロ...
FUIT
キョロ...
FUIT
PLUE A DISPARU !!
ENCORE UN COUP DE CE TYPE ?!
POON POON
MESSIEURS-DAME !! J'ENTENDS LA VOIX DE MAÎTRE PLUE AU FOND DE CE TUNNEL !
C'EST QUI, LUI ?
DASH
SUIVEZ VOTRE CAPITAINE !!
OK...
GH...

SU-TURE TERMI-NÉE.
TAP
OH... VOUS AVEZ RECOUSU VOTRE PLAIE TOUT SEUL... QUOI DE PLUS NATUREL POUR UN DOCTEUR ?
MAIS LA RUMEUR SUR VOTRE TAUX DE RÉUSSITE DE CENT POUR CENT N'ÉTAIT PAS FONDÉE.
DOOOM
PFF...
FWAP
JE N'AVAIS PAS PRIS MUSICA EN COMPTE.
MON TRAVAIL N'EST PAS ENCORE FINI.
POUR LA SUITE, LAISSEZ-MOI FAIRE À MA MANIÈRE.
VOUS POUVEZ PRÉPARER L'ARGENT.

DOOOM
EISENMETEOR
UN PORTAIL ?!!
ENCORE UN PIÈGE DE DEMON CARD ?
JE NE PENSE PAS, IL EST TROP ANCIEN.
ÉTAIT-IL LÀ À L'ORIGINE... A-T-IL ÉTÉ CONSTRUIT PAR QUELQU'UN ?
EN TOUT CAS, IL A L'AIR DE REMONTER À DES DÉCENNIES.

QUELQUE CHOSE EST INSCRIT SUR LE PORTAIL.
C'EST DU SYMPHONIEN ANTIQUE, UNE LANGUE OUBLIÉE.
PERSONNE NE PEUT LA LIRE, ALORS ?
DERRIÈRE CETTE PORTE... SE TROUVE LE LIEU DE REPOS DU RAVE...
Y ENTRER EST FORMEL-LEMENT PROHIBÉ.
QUOI ?!
LE RAVE EST À L'INTÉ-RIEUR...
MAIS NON !!
OÙ TU AS APPRIS À LIRE ÇA, ELIE ?!
...
ATTENDEZ... CE N'EST PAS FINI...
TOUS CEUX QUI OSERONT PROFANER CE LIEU DE REPOS SACRÉ...
SERONT JETÉS EN PÂTURE AUX DÉFUNTS DE L'ANCIENNE SYMPHONIA.

COMMENT TU PEUX LIRE CES SIGNES ?!
AUCUNE IDÉE, ÇA M'EST VENU NATUREL-LEMENT.
POURQUOI JE SUIS CAPABLE DE LIRE CES ÉCRITURES, MOI ?
JE SAIS ! J'ÉTAIS PEUT-ÊTRE UN SAVANT DE GÉNIE, AVANT !!
GRIP
DIFFI-CILE À CROIRE...
GROOO
ET TOI, LÀ-BAS, QU'EST-CE QUE TU FICHES ?!
EISENMETEOR
SI LE RAVE EST DERRIÈRE CETTE PORTE, J'Y VAIS.
CRRR

NE FAIS PAS ÇA, HARU ! IL EST ÉCRIT DE NE PAS ENTRER !
RÉFLÉCHIS UN PEU AVANT D'AGIR, SALE GAMIN.
ÇA VA ALLER !
ドゴォオオォン
DOOOM
VOUS VOYEZ ?

FSHH
シュッ
BAOOOM
ドオオオン
HARU !!
WOUAAH !!
QU...
C'ÉTAIT QUOI ?
IL Y A QUELQU'UN, LÀ-DEDANS...

IL Y A QUELQU'UN...
HEIN ?!
!!
MAIS...
STOMP

LOVE WEAPON
OK-2!

RAVE 30 ✚ : LA VÉRITÉ SUR LE RAVE

C'EST PAS SYMPA DE M'AVOIR ATTAQUÉ PAR SURPRISE.
L'ENTRÉE EST PROHIBÉE.
TU VAS ME BLOQUER L'ACCÈS ALORS QUE LE RAVE EST TOUT PRÈS ?
JE NE T'AI PAS ENCORE RECONNU EN TANT QUE RAVE MASTER.
MAIS QUI C'EST, CE GARS ?
GRR...
STOMP
ズシッ
ON N'A QU'À ENTRER.
UN OURS QUI PARLE ! COMME C'EST ÉTRANGE !!
TU T'ES REGARDÉ ?

オオオオオ
DOOOM
C'EST CLASSE, ICI.
ON NE SE CROIRAIT PAS DANS UNE GROTTE.
C'EST MOI QUI AI CONSTRUIT CETTE PIÈCE.
OUI...
EXPLIQUE-MOI !
CELA VA PRENDRE UN TEMPS CONSIDÉRABLE DE TOUT TE RACONTER...

JE SUIS LE GARDIEN DU RAVE.
C'EST TOUT ?!
GWOOOOH
!!
JE COMPRENDS, MAINTENANT.
HÉ HÉ
EN FAIT, TU NOUS TESTAIS.
HUM...
EN TOUT CAS, C'EST PAS UN OURS COMME LES AUTRES.
J'ÉTAIS UN HUMAIN, AVANT.
POON
VRAI-MENT ?
POON
BRR
BRR

OOH, PLUE... JE N'AI PAS PU TE SALUER COMME IL LE FALLAIT, DEHORS...
POON
ÇA FAIT SI LONGTEMPS ! TU TREMBLOTES TOUJOURS AUTANT !
HEIN ?
TU CONNAIS PLUE ?
EXACT... JE VAIS D'ABORD TE PARLER DE MOI...
JE M'APPELLE DEER HOUND.
JE SUIS L'UN DES QUATRE GUERRIERS DU CIEL AZURÉ QUI ONT COMBATTU PENDANT LA GUERRE AUX CÔTÉS DE SHIBA, IL Y A CINQUANTE ANS.
GUERRIER DU CIEL AZURÉ DEER HOUND
GUERRIER DU CIEL AZURÉ DALMATIAN
RAVE MASTER SHIBA LA FINE LAME
GUERRIER DU CIEL AZURÉ ALPINE SPANIEL
GUERRIÈRE DU CIEL AZURÉ MALTESE

MAIS NOUS SOMMES TOMBÉS LES UNS APRÈS LES AUTRES AU COURS DE CETTE GUERRE.
LES SEULS SURVIVANTS FURENT SHIBA ET PLUE.
NOUS SOMMES MORTS, MAIS NOUS SAVIONS QUE LES CINQ RAVE S'ÉTAIENT DISPERSÉS.
ALORS NOUS NOUS SOMMES RÉINCARNÉS EN ANIMAUX ET PENDANT CINQUANTE ANS, NOUS AVONS VEILLÉ SUR CHAQUE RAVE.
PENDANT TOUT CE TEMPS ?
MAIS ALORS, C'EST TOI QUI DÉTIENS LE RAVE ?
BIEN SÛR... IL EST EN MA POSSESSION, MAIS...
FUIT

TU TE FOUS DE MOI ?!
TU AS PASSÉ CINQUANTE ANS ICI À GARDER LE RAVE ?
TU SAIS... PENDANT TOUTES CES ANNÉES, SHIBA S'EST CONSACRÉ À CHERCHER LES RAVE, SEUL, SANS AUCUN AMI...

ET TOI, TU ÉTAIS SON ALLIÉ ! POURQUOI TU NE L'AS PAS AIDÉ ?!
TU TE TROMPES, HARU, J'AI PERDU TOUT MON CÔTÉ HUMAIN QUAND JE SUIS MORT. EN PRINCIPE, JE N'AI MÊME PAS LE DROIT DE VOUS PARLER DE TOUT ÇA.
JE SAVAIS QUE SHIBA ÉTAIT À LA RECHERCHE DES RAVE. MAIS SON DESTIN ÉTAIT DE NE PAS TROUVER CET ENDROIT, JE NE POUVAIS RIEN Y CHANGER.
...
TU SOUS-ENTENDS QUE SHIBA AURAIT GÂCHÉ CINQUANTE ANS DE SA VIE ?
OUI... C'EST CE QUE JE PENSE !! IL A DÛ SE SENTIR SI SEUL...
C'EST ...
TROP TRISTE...
SI TU L'AVAIS AIDÉ, IL N'AURAIT PAS EU À VOYAGER SEUL PENDANT UNE ÉTERNITÉ.
TAP

TU VEUX DIRE QU'EN ALLANT JUSQU'AU BOUT DE SES CONVICTIONS, UN HOMME GÂCHE INUTILEMENT SON EXISTENCE ?!
LE RÉSULTAT N'EST PAS TOUT. C'EST LA FAÇON DE VIVRE QUI EST IMPORTANTE.
PENDANT LA GUERRE, DE NOMBREUSES PERSONNES SONT MORTES PAR MANQUE DE VOLONTÉ.

LA SOLITUDE DE SHIBA N'ÉTAIT RIEN COMPARÉE AU BONHEUR QU'IL POUVAIT TROUVER RIEN QU'EN CONCRÉTISANT SES CONVICTIONS...
GROOO
SUIS-MOI, RAVE MASTER...
VOUS VOULEZ BIEN M'ATTENDRE ICI ?
?
CLAC !!
IL Y A CINQUANTE ANS, LE GRAND ROYAUME DE RAREGLOBE AVAIT L'INTENTION D'UNIFIER LE MONDE À L'AIDE DE LA PUISSANCE DES DARK BRING.
LE PETIT ROYAUME DE SYMPHONIA TENTA DE L'EN EMPÊCHER, RAISON POUR LAQUELLE LA GUERRE ÉCLATA ENTRE LES DEUX PAYS.
LES FIERS ET VALEUREUX GUERRIERS DE SYMPHONIA LUTTÈRENT À NOS CÔTÉS AVEC TOUT LEUR COURAGE POUR PROTÉGER LEUR PAYS. PUIS POUR PROTÉGER LE MONDE.
CEPENDANT...

LA MAJORITÉ D'ENTRE EUX MANQUAIENT DE VOLONTÉ ET ILS ONT QUITTÉ CE MONDE.

VOICI LE TOMBEAU DE TOUS CES GUERRIERS.

ENFIN, PAS VRAIMENT LE TOMBEAU... EN RÉALITÉ IL NE RESTE QUE LEURS NOMS, LEURS CORPS NE SONT PAS LÀ...
SHWOOO
J'ENTENDS ENCORE LEURS CRIS...
COMME SI C'ÉTAIT HIER.
WAAAH
AAAAAAAAH
AAAH
BAOOOM
AAAH

ギャアアアアア
RAAAH
ゴオオオオーン
BAOOOM
C'EST...

C'EST TROP AFFREUX...
TAP
TOI AUSSI, TU AS ENTENDU...
LES CRIS DE CES GUER-RIERS...
JE SUIS HEUREUX QUE LE SECOND RAVE MASTER SOIT UN GARÇON COMME TOI.
TU ES DIGNE DE POS-SÉDER CE RAVE.

PRENDS-LE. C'EST L'UN DES RAVE QUI S'ÉTAIENT DISPERSÉS DANS LES AIRS.
LE RAVE DE LA CONNAIS-SANCE.
…ホオォン
SHHHH
LA GUERRE NE DOIT PLUS JAMAIS ÉCLATER.
UTILISÉS À BON ESCIENT, LES RAVE TE PERMETTRONT DE COUPER LA RACINE DU MAL.

OUI... EXCUSE-MOI...
TOI AUSSI, TU AS PASSÉ CINQUANTE ANNÉES DE TA VIE SEUL.
ビク
TING
FLAH グラ…
QU...
オオオオオー
DOOOM
QU'EST-CE QUI T'ARRIVE ?!
EISENMETEOR
À SUIVRE

LE CHEF DE LA BANDE DE VOLEURS SILVER RHYTHM : MUSICA LE SILVER CLAIMER

Arme : Silver (plus dur que l'argent normal)
Date de naissance / Âge : 20 mai 0048 / 18 ans
Taille / Poids / Groupe sanguin : 1,74 m / 61 kg / O
Lieu de naissance : né à Punk Street, mais élevé à Blues City
Hobby : fabriquer des bijoux en argent
Point fort : draguer les filles, voler
Ce qu'il aime : les filles, les salles de jeux vidéo
Ce qu'il n'aime pas : les gens qui sont méchants avec les filles

Et nous voilà avec deux Musica pour le prix d'un !! Quand j'en étais au stade de la création des personnages, je me demandais à quoi allait ressembler Musica le forgeron. En effet, le plus évident aurait été d'en faire un vieil homme, mais un jeune homme aurait été plus inattendu, donc plus original... Dans ce cas, opter pour une fille aurait été encore plus original... Bref, comme je n'étais toujours pas fixé alors que j'allais entamer le story-board, j'ai décidé arbitrairement qu'il y aurait deux Musica ! Après tout, pourquoi se priver ?
Le Silver Claimer est en fait une amélioration de cet alchimiste capable de manipuler les métaux dont je vous parlais dans le tome 1, la première idée que j'avais eue concernant Haru.
En réalité, l'argent n'est pas adapté à la fabrication des armes, il est trop mou. Mais le Silver Claimer utilise un argent spécial, plus rigide que l'argent normal. D'ailleurs, plus le Silver Claimer est puissant, plus il sait forger un argent solide et résistant.
Ooh ! Comme c'est curieux !

LE CHAUFFEUR DE LA VOITURE À CHEVAL : GRIFFON KATO (GRIFF)

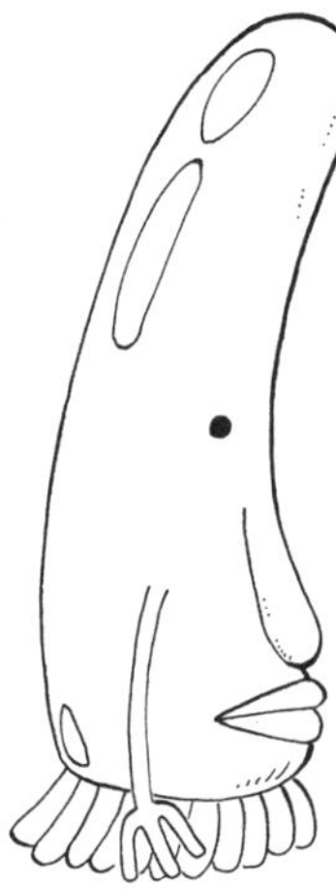

Armes : aucune
Date de naissance / Âge : 29 septembre 0063 / 3 ans
Taille / Poids / Groupe sanguin : 45 cm / 2 g / non concerné
Lieu de naissance : "Je ne peux pas le révéler", nous a-t-il confié.
Hobby : voyeurisme
Point fort : se transformer
Ce qu'il aime : la mayonnaise
Ce qu'il n'aime pas : 6 heures et demie (nous en ignorons la raison)

Eh bien, qu'avons-nous là ? *(rires)* Plus l'histoire avance, plus ce personnage devient indiscipliné et loufoque. Les grands fans de *Rave* auront pu remarquer d'autres créatures comme lui dans les pages d'ouverture de chapitre, mais elles n'ont pas de rapport direct avec Griff.

LE CHEVAL (?) : TANTIMO

Armes : aucune... Bah oui, c'est un cheval !
Date de naissance / Âge : 15 avril 0062 / 4 ans équins
Taille / Poids / Groupe sanguin : 1,98 m / 325 kg / Race Wireman
Lieu de naissance : une écurie quelconque
Hobby : inconnu
Point fort : galoper
Ce qu'il aime : les carottes
Ce qu'il n'aime pas : les chevaux plus rapides que lui

Son nom n'est pas mentionné dans ce volume, et comme on m'a souvent posé la question, voilà la réponse ! Il s'appelle "Tantimo". Ça ne veut rien dire de spécial. Oui, cette bestiole bizarre est un cheval. Un cheval qui remue la tête, très, très vite. En espérant qu'il continuera à vous plaire !

LA TENANCIÈRE DE L'HÔTEL SKA ET SON FILS : LASAGNA ET TINO

LASAGNA

Armes : aucune
Date de naissance / Âge : 5 décembre 0040 / 26 ans
Taille / Poids / Groupe sanguin : 1,72 m / 50 kg / A
Lieu de naissance : village de Ska
Hobby : lecture (en particulier les romans historiques)
Point fort : le volley-ball (elle est championne de volley)
Ce qu'elle aime : les enfants, les clients qui restent pour de longs séjours
Ce qu'elle n'aime pas : les clients qui salissent les chambres de l'hôtel

TINO

Armes : aucune
Date de naissance / Âge : 14 juillet 0061 / 5 ans
Taille / Poids / Groupe sanguin : 86 cm / 30 kg / AB
Lieu de naissance : village de Ska
Hobby : regarder la télé
Point fort : la course à pied
Ce qu'il aime : le thé oolong
Ce qu'il n'aime pas : la pluie

On ne voit pas beaucoup le nom de ces deux personnages apparaître dans ce volume, c'est pourquoi la plupart d'entre vous l'ont lu sans y faire trop attention. Bon, ce n'est pas vital, en fait…
En voilà une jeune maman ! *(rires)* Elle a eu son enfant à vingt et un ans… Au début je voulais la faire plus âgée, mais j'ai ensuite pensé qu'une jeune hôtelière serait plus agréable, alors je l'ai rajeunie. Quant au père de famille, il travaille hors du village, et cela fait des années qu'il n'est pas rentré.

L'ÉPÉE AUX DIX FORMES : TEN COMMANDMENTS

SA FORME INITIALE, UNE SIMPLE ÉPÉE DE FER : EISENMETEOR

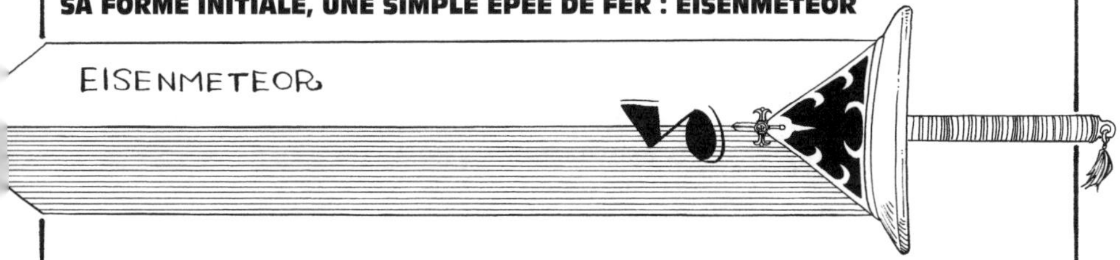

C'est une épée en fer tout à fait normale. Elle est un peu plus grande que la moyenne, mais pour couper efficacement, c'est l'idéal. Elle est assez lourde et il faut y être très habitué avant de pouvoir la manier correctement. À vrai dire, n'importe qui serait capable d'utiliser l'épée sous cette forme.

Il n'y a pas grand-chose à en dire de plus, c'est une épée somme toute très banale. Mais pourquoi fait-elle partie d'une des dix formes de l'épée légendaire ? Eh bien, si toutes les épées avaient un pouvoir particulier, ce serait littéralement épuisant, même pour le Rave Master !

L'ÉPÉE EXPLOSIVE : EXPLOSION

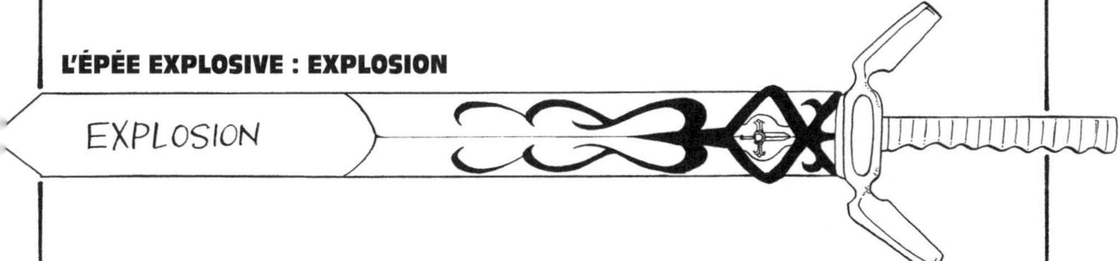

Comme son nom l'indique, cette épée provoque une explosion au moment de l'attaque. Sous cet aspect, elle ne peut plus rien couper, c'est donc une épée assez étrange.

C'est en fait une arme conçue pour administrer un choc à l'adversaire. Pendant l'attaque, l'ennemi subit des dommages considérables, mais presque jamais suffisants pour le tuer. Pour cette raison, Haru l'apprécie particulièrement et s'en sert souvent.

Cependant, cette épée inflige également des dommages à son porteur au moment de l'explosion. Un usage trop fréquent de l'Explosion est très fatigant et peut conduire à l'évanouissement.

LE RÉALISATEUR DE CINÉMA : GO À LA MASSUE

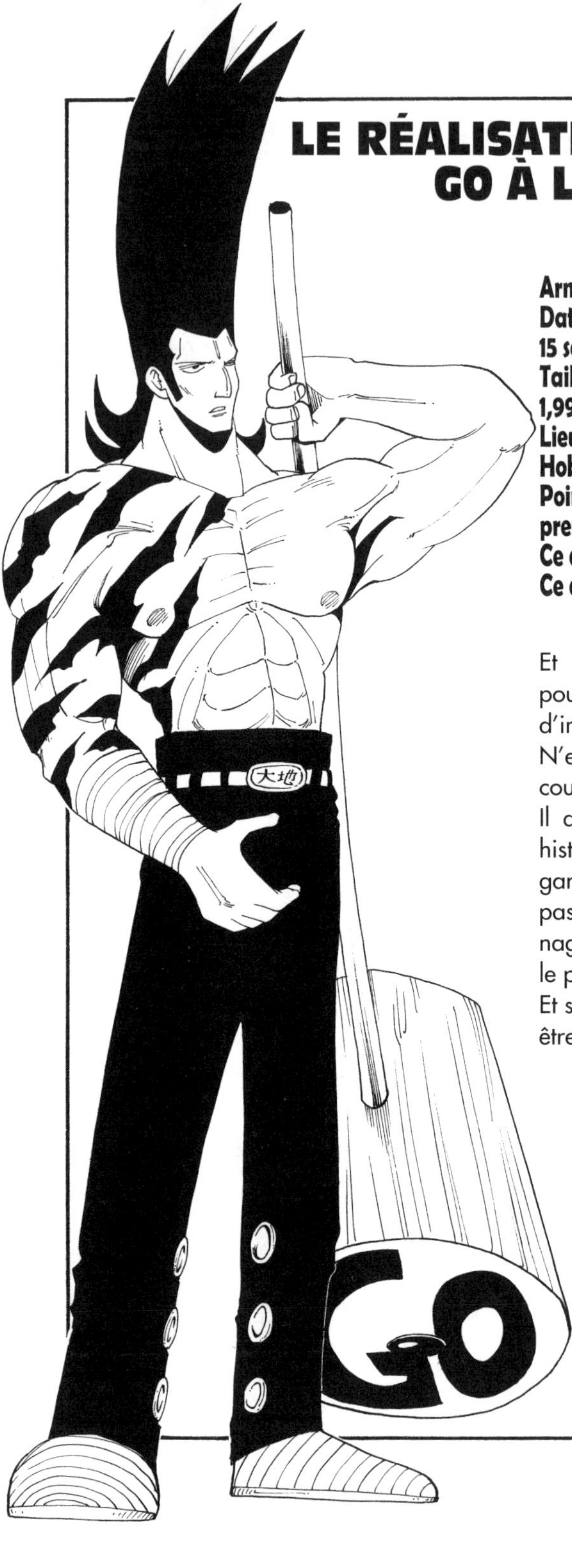

Armes : massue et Dark Bring (Angry Blitz)
Date de naissance / Âge :
15 septembre 0040 / 26 ans
Taille / Poids / Groupe sanguin :
1,99 m / 82 kg / O
Lieu de naissance : Experiment
Hobby : se regarder dans le miroir
Point fort : il semble être un réalisateur de premier ordre.
Ce qu'il aime : le cinéma, les pandas
Ce qu'il n'aime pas : les critiques

Et voilà le deuxième personnage pour lequel un de mes amis m'a servi d'inspiration, comme pour Gemma ! N'empêche qu'il lui ressemble beaucoup, cette fois-ci.
Il a un rôle plutôt débile, dans cette histoire, mais pour tout vous dire le gars qui m'a servi de modèle l'est aussi passablement. Parmi tous mes personnages, c'est l'un de ceux que j'aimerais le plus faire réapparaître dans la série. Et s'il revient un jour, il deviendra peut-être un ami de Haru, qui sait ?

Son plus grand film :
Bonjour Poppy
- Prix du film humoristique
- Prix du meilleur film
- Prix de la meilleure réalisation

Et neuf autres prix dans d'autres catégories

LA PETITE AMIE DE GO : ROSA L'ACTRICE

Arme : le loup dansant
Date de naissance / Âge : 10 juillet 0047 / 19 ans
Taille / Poids / Groupe sanguin : 1,67 m / 48 kg / B
Lieu de naissance : Experiment
Hobby : regarder du catch
Point fort : la danse
Ce qu'elle aime : les muscles
Ce qu'elle n'aime pas : les cafards

J'ai créé ce personnage uniquement parce que je voulais faire combattre Elie ! *(rires)* En fait, je voulais faire un double combat, genre "Haru & Elie VS Go & Rosa", mais ensuite je me suis dit qu'un combat mixte, garçons et filles en même temps, ce serait un peu trop confus, alors j'ai abandonné l'idée. Quoi qu'il en soit, vous ne trouvez pas que Go et Rosa vont bien ensemble ?

J'AVAIS TRÈS ENVIE DE DESSINER UNE SCÈNE DE BAISER ENTRE LES DEUX TOURTEREAUX...

LE GARDIEN DU RAVE : L'OURS (UN DES QUATRE GUERRIERS DU CIEL AZURÉ : DEER HOUND)

DEER HOUND

Arme : hache de guerre (Rega Holy)
(9988 ~ 0016 / Mort à 28 ans)
Taille / Poids / Groupe sanguin :
2,06 m / 94 kg / A
Hobby : lire des romans d'amour
Point fort : manier la hache
Ce qu'il aime : la guerre
Ce qu'il n'aime pas : la paix

L'OURS

Arme : hache de guerre (Rega Holy)
Date de naissance / Âge : ?
Taille / Poids / Groupe sanguin : 2 m / 215 kg / ?
Hobby : lire des romans d'amour
Point fort : attraper des poissons de rivière
Ce qu'il aime : la paix
Ce qu'il n'aime pas : la guerre

J'avais prévu depuis le début le "deuxième visage" de cet ours. Mais pourquoi un ours ? Parce que c'est plutôt marrant, un ours qui parle ! C'est aussi simple que ça… D'ailleurs une girafe qui parle aurait fait tout aussi bien l'affaire…
À ce propos, les Guerriers du Ciel Azuré qui apparaissent dans le chapitre 30 portent tous des noms de races de chiens. Pourquoi des noms de chiens ? Des noms de girafes auraient fait tout aussi bien l'affaire… Mais qu'est-ce que j'ai avec les girafes, moi ?
Ben… Ça a un long cou, une girafe. C'est classe, vous ne trouvez pas ?

LE CHEF DE LA BANDE DE VOLEURS SILVER RHYTHM : MUSICA LE SILVER CLAIMER (PARTIE 2)

Arme : Silver (plus dur que l'argent normal)
Date de naissance / Âge : 20 mai 0048 / 18 ans
Taille / Poids / Groupe sanguin : 1,74 m / 61 kg / O
Lieu de naissance : né à Punk Street, mais élevé à Blues City
Hobby : fabriquer des bijoux en argent
Points forts : draguer les filles, voler
Ce qu'il aime : les filles, les salles de jeux vidéo
Ce qu'il n'aime pas : les gens qui sont méchants avec les filles

Apparemment, tout le monde avait deviné que c'était Schneider, l'assassin ! *(rires)* Mais comme je l'espérais, personne n'a trouvé que c'était Musica qui les suivait... Normal... Il a changé de coupe de cheveux... Si vous aviez deviné, je vous félicite cordialement !!
D'ailleurs, les fans de Musica étaient partagés quant à sa nouvelle coiffure. Hmm... Si j'en crois les lettres que je reçois, la majorité des fans préfèrent la nouvelle, ouf ! Me voilà soulagé !
Je trouve qu'il n'a pas pu assez participer à l'action dans l'arc Lance, alors je le ferai agir davantage dans l'arc Shuda (prochain volume).
En tout cas, j'ai été inondé de lettres de fans quand Musica est revenu...

RAVE 0077 – BABY-SITTING CHEZ LÉVIN
PARTIE 3 : LE CAMBRIOLEUR

POSTFACE

Mes dessins ne sont vraiment pas terribles. J'avais déjà écrit la même chose dans la postface du tome 4 de l'ancienne édition, mais je ne me suis jamais considéré comme un mangaka bon en dessin. À chaque fois que je dis ce genre de choses, mes fans les plus fidèles se fâchent contre moi, mais je suis simplement lucide sur mon propre niveau graphique ! *(rires)* D'un point de vue professionnel (parce que je suis quand même un dessinateur pro), on sait très bien distinguer au premier coup d'œil un bon dessin d'un mauvais. Quand je porte froidement un jugement sur mes dessins, je n'ai que mes yeux pour pleurer.

Mais ce n'est pas pour autant que je m'avoue vaincu, je m'entraîne chaque jour, sans relâche, pour m'améliorer. Même quand le reste de l'équipe va se coucher, je continue de dessiner discrètement, je m'essaye volontairement à des angles de vue compliqués, et quand je constate le peu de progrès que je fais malgré tous mes efforts, je pleure de plus belle ! *(rires)*

Justement, c'est à l'époque de ce tome 2 que j'ai commencé à faire encore plus d'efforts pour m'améliorer en dessin (oui, je suis un acharné. Encore aujourd'hui, je fais toujours autant d'efforts...). J'ai posé des trames alors que je ne savais pas bien m'en servir, j'ai légèrement changé le design des personnages, et ça donne une impression un peu hétéroclite, comme si le style graphique changeait d'une case à l'autre.
Enfin, je parle de celui que j'étais il y a déjà plusieurs années. Dans la deuxième moitié de *Rave*, on devrait pouvoir remarquer que j'ai progressé peu à peu. Je crois.

Pour conclure, je dirais que je ne me considère toujours pas comme un bon dessinateur, mais je ne trouve pas mes dessins moches non plus. Au moins, les planches sont faciles à lire, vous ne trouvez pas ? C'est pourquoi je vais continuer à faire des efforts, non pas pour que mes dessins deviennent de plus en plus beaux, mais pour que mon manga se lise tout seul.

RAVE BUNKO EDITION

First published in Japan in 2006 by Kodansha Ltd., Tokyo.
Publication rights for this French edition arranged
through Kodansha Ltd., Tokyo.

Traduction : Fédoua Lamodière
Correction : Thomas Lameth
Lettrage : Florent Faguet

Éditions Glénat
Couvent Sainte-Cécile – 37, rue Servan – 38000 Grenoble
ISBN : 978-2-344-06042-1
Dépôt légal : juin 2024

Imprimé en Pologne en mai 2024 par Dimograf
sur papier provenant de forêts gérées de manière durable

www.glenat.com